美国人和印度人保卫地球

Translated to Chinese from the English version of
Americans and Indians Defend the Earth

基兰・库马尔・辛格博士

Ukiyoto Publishing

所有全球出版权由...持有

浮世堂出版社

发表于 2025 年

ISBN 9789370094659

www.ukiyoto.com

献词

这本书献给我父亲 R.K.辛格博士、母亲苏拉吉·库玛丽·辛格夫人和我的妻子雷巴·劳特拉·辛格夫人的纪念。前者是一位著名的教育家。在我童年时，他鼓励我在学校课程之外阅读和写作。我母亲从阿格拉 RBS 学院教育系教授兼系主任的职位上退休，并在学校阶段帮助我学习英语语法。我的妻子是一位有资质且才华横溢的艺术家。她鼓励我写作。愿他们的灵魂安息。

前言和致谢

这本书适合青少年和成年人。早期那本书的成功鼓励我写它的第二部分。故事从第一本书继续。五个美国孩子，四个男孩和一个女孩，在一个善良的灵魂的帮助下与外星入侵者作斗争。他们的身份被揭露了，所以他们必须躲藏起来。善良的精灵用五个印度孩子取代了他们，这些孩子将战斗推向了激动人心的高潮。

我擅自以我两个孙子的名字为其中两个孩子命名。其中一人提出了建议，我将其融入了故事中。

感谢我的姐姐普丽蒂·辛格女士，文学硕士、医学博士、哲学硕士，以及一位优秀的英语语言和文学教师，感谢她在编辑手稿方面的帮助和建议。我也感谢我的儿子 Gaurav 在编辑方面的帮助。

目录

角色表

1. 恶魔美洲虎：想要征服地球的邪灵领袖。在地球上，他变成了一个非常高大的男人，脸部有些像美洲虎。他有许多超能力。

2. Uno、Dos、Tres 和 Cuatro：他们是协助恶魔美洲虎的邪灵。他们的超能力不如他们的领袖。

3. 黑猩猩：来到地球帮助人们对抗邪灵的善良精灵。他有许多超能力。

4. 亨利、玛丽、约翰、罗伯特和迭戈：被黑猩猩选中领导对抗邪恶入侵者的五个美国孩子。

5. POTUS：美国总统。

6. 威尔逊将军：美国武装部队总司令。

7. 罗汉、丽图、维克拉姆、特贾斯和维奈：被选为替代美国儿童与外星人作战的印度儿童。

8. 弗朗西斯科·迪亚斯：帮助抓捕美国儿童的邪恶间谍。后来他转而帮助好人。

9. 迪亚斯夫人和她的两个孩子：她和孩子们让弗朗西斯科改变立场去帮助好人。

注意：所有的灵魂都是不朽的。恶魔美洲虎和黑猩猩可以以思维的速度旅行到任何地方。宇宙由数百万个平行宇宙组成，它们都占据相同的位置，但彼此之间没有相互作用。恶魔美洲虎和黑猩猩可以在眨眼之间从任何一个宇宙的任何一个星球旅行到任何其他宇宙的任何其他星球。这本书介绍了印度孩子和弗朗西斯科及他的家人。所有其他角色在第一本书中已被介绍。

这本书的序言简要介绍了第一本书中发生的事情。不过，在开始这本书之前，最好先读第一本书。

第 1 章-序言

故事从第一本书继续。因此，有必要在此处包含一个总结。世界由数百万个宇宙组成，它们的恒星和行星占据着相同的位置。这意味着有数百万个地球占据相同的位置，并且它们都有处于不同文明阶段的人类。还有许多其他行星上存在以碳或硅为基础的生命形式。这些宇宙彼此之间没有互动。没有能量或物质可以从一个宇宙转移到另一个宇宙。

世界上有一些邪灵和一个善灵，它们可以在不同宇宙之间穿梭，因为它们既不是能量也不是物质。他们也是不朽的，并且自时间开始以来就已经存在。他们有许多超能力。善良的灵魂可以以思想的速度旅行，这意味着他可以想到任何地方并立即到达那里。他在这项或任何其他活动中都不消耗任何能量。

邪灵的首领也可以以思维的速度旅行，但他需要从生活在各个星球上的智慧生命体的思想中提取的精神力量或能量。无论他去哪里，他都会带上他的四个助手。大多数情况下，他和他的助手们喜欢入侵一些有智能生命的星球。在那里，他们会自动变成当地智能生命体的体型，并说他们的语言。

他们逐渐控制了智能生物的思想，他们的领袖从中提取精神能量。最后，经过多年，智能生命失去了其智力能力，退化到动物的水平。在这个阶段，邪恶的领袖带着他的所有追随者前往某个无人居住的星球，放松并享受他们所收集的精神能量。当他们的精神能量储备降到低水平时，他们就会入侵其他有人居住的星球，并重新开始同样的过程。

善灵的作用是保护智慧生命免受恶灵的侵害。他的任务相当困难。首先，他必须找出在数百万个宇宙中的数十亿颗行星中，哪一颗被邪恶生物入侵了。其次，自然法则不允许他与邪恶生物直接冲突。他必须帮助和引导智能生命体保护自己免受邪恶生物的侵害，并将它们驱逐出他们的星球。有时他会成功，而有时邪恶的力量会取得胜利。

第一本书讲述了一个地球（位于这些平行宇宙中的一个）被一群邪恶的不朽灵魂入侵的故事，他们想要为了邪恶目的而占领它。在地球上，邪灵的首领化身为一个外表像美洲虎的高大男子。好灵称他为恶魔美洲虎。他的四个助手也变成人形，名字分别是 Numero Uno、Numero Dos、Numero Tres 和 Numero Cuatro。他们称他们的领导为老板。

这些灵体降落在南美洲，控制了许多人的思想，并利用他们建立工厂来制造射线枪和其他设备。利用这些人和先进的武器，他们征服了南美洲的所有国家，并在每个国家任命他们选定的人作为傀儡统治者，将南美洲与世界其他地区隔离开来。他们还有强大的射线枪，可以击落任何飞机并摧毁船只，还有用于通信的特殊发射器和传输心灵控制射线的设备。世界其他地区对南美洲正在发生的事情知之甚少。他们不知道如何在不杀害太多无辜者的情况下有效地进行报复。

恶魔美洲虎派遣头号人物前往北美，秘密渗透并征服它。Numero Duo 和 Numero Tres 分别被派往非洲和欧洲，以在这些大陆和其他地区收集追随者，并逐一接管他们。恶魔美洲虎和四号留在南美洲。恶魔美洲虎从被迫崇拜他的人们的思想中收集精神能量，而四号无情地控制着南美洲的人口。他监督制造各种类型射线枪或电子监控设备的工厂的工作。他还控制着那些防备任何可能入侵南美洲的士兵。

这时，善良的灵魂到达了地球，试图拯救人类免受邪恶灵魂的侵害。它变成了一个略微像黑猩猩的人的形状。他挑选了五个孩子来领导对抗外星人的战斗。这五位是年龄在十二岁左右的亲密朋友，住在西雅图附近的小镇本顿维尔。他们将在亨利的带领下对抗外星人。另外四个人是玛丽、约翰、罗伯特和迭戈。黑猩猩告诉他们关于外星入侵者的事情，以及南美洲实际发生的事情，以及北美洲、非洲、欧洲和其他地方正在发生的事情。

他激励他们与外星人作战以拯救世界。为此，他向他们承诺了指导、保护和一些魔法力量。首先，他让他们踏上了一段虚拟的过去之旅，他们以为这是真实的。在那里，他们进入了一些活着的美洲印第安人的身体，这些身体他们无法控制，而是被印第安人所控制。他们感受到美洲印第安人参与的战斗中的痛苦和恐惧。这段艰难的经历为他们后来对抗邪恶入侵者的实际战斗做好了准备。

之后，黑猩猩派他们去蒙大拿州的邪恶外星人仓库偷取秘密武器。他们偷走了许多光线增益，其中一个朋友几乎被敌人杀死，但黑猩猩及时救了他。射线枪有三种设置，分别是眩晕、击倒和杀伤。他们有用于瞄准和识别被邪恶灵魂控制的人的望远镜瞄准器。在邪恶生物控制下的人们有不同颜色的光环，可以通过望远镜看到。恶魔美洲虎、Numero、Uno、Tres 和 Cuatro 的颜色分别是紫色、橙色、红色、黄色和蓝色。如果他们的任何一个人被设置为击晕的射线枪击中，那么这个人会被击晕几分钟，并永久摆脱邪恶生物的控制。他们无法重新控制他的思想，而且他也忘记了在他的思想被他们控制期间发生的一切。

黑猩猩教孩子们如何使用射线枪，并在射线枪的帮助下飞行。他们飞翔时看起来像老鹰。他还给了他们魔法电脑，并提供了对抗射线枪的保护和备用的身体身份。他们可以随意变身为他们的另一个身份，这也让他们拥有成年人的身体。

孩子们监视敌人并发现了他们的秘密。他们识别出美国所有的 Numero Uno 追随者，并了解到大约一万名敌人将在一个名为幽灵谷的地方秘密会面，以便他们的领导人可以解释他们将接管美国的那一天的计划。黑猩猩和孩子们见到了威尔逊将军，并说服他帮助他们，他与总统进行了交谈。

孩子们、黑猩猩和将军计划对聚集在幽灵谷的那些人进行空中攻击，使用射线枪将他们击倒。这将使他们摆脱 Numero Uno 的控制。每次一个追随者被击倒时，他都会感到一阵尖锐的刺痛。他们希望不断地击倒对手，这样 Numero Uno 就会失去平衡，除了痛苦地扭动之外，什么也做不了。黑猩猩告诉他们，最终他会痛苦不堪，以至于精神崩溃，然后飞到南美洲的恶魔美洲虎那里。

威尔逊将军向总统解释了情况，总统秘密联系了加拿大、墨西哥和所有其他北美国家的领导人。将军决定，在赢得幽灵谷战役后，美国和其他北美国家的士兵将击败并释放北美所有的敌军士兵。

决定由将军和一些士兵帮助幽灵谷的孩子们，其他士兵则包围该地区，不让敌人逃脱。在击败敌人后，他们会俘获失去意识的敌军士兵及其射线枪。

整个计划必须对敌人保密。黑猩猩和孩子们在非洲对敌军士兵发动了多次攻击，以使敌人相信这是主要目标。黑猩猩可以以思维的速度带他们去非洲。然后他会把自己变成一块飞毯，孩子们就会坐在上面，从一个地方飞到另一个地方，用射线枪射击敌军士兵。在这些访问期间，他还带他们去参观了埃及金字塔、泰姬陵和比萨斜塔等其他地方，让他们感到放松。

在幽灵谷战斗的那一天，最初一切都按计划进行。四个孩子像鹰一样飞向敌人的大型集会。他们开始向敌人开火，而敌人不知道是谁在射击。猩猩把自己变成了一块飞毯，玛丽坐在上面。他们从一个地方飞到另一个地方，玛丽射击并摧毁了敌人的通信和广播网络，以阻止他们在美国境内以及北美和南美之间的通信。心灵控制电波的广播也被停止了。将军和他的一些士兵躲在障碍物后面向敌人射击。

突然，当幽灵谷的邪灵开始引导敌人时，战斗的局势发生了逆转。四个男孩濒临失败，亨利身受重伤，即将被捕。在这个阶段，幽灵谷的善良精灵帮助了他。

黑猩猩和玛丽也来帮忙，将军和他的一些士兵也继续向敌人射击。这给了四个男孩时间从痛苦的打击中恢复过来并重新开始战斗。战斗在双方之间来回摆动，直到最后，黑猩猩制造出巨大的幽灵恐龙向敌人逼近的幻象。这吓到了敌军士兵，他们被打败了。每当他手下的一个人被击倒时，Numero Uno 就会感到针刺般的疼痛。他无法忍受痛苦，精神崩溃，飞往南美洲。

在几天之内，将军和他的部下完成了将敌人从整个北美洲清除的任务。总统举行了一场秘密仪式，以表彰这些孩子和将军。至关重要的是，恶魔美洲虎和他的手下不应该知道他们的身份，因为他们将在对抗邪恶入侵者的斗争中扮演重要角色。

第 2 章 – 孩子们放松

在取得伟大胜利之后，孩子们需要休息和放松。所有四个男孩都被射线枪的痛苦射击击中了多次。亨利受到的打击最大。在幽灵谷战斗之前的几个月的计划和紧张的努力已经让他们的神经紧绷。他们都在本顿维尔的家中，过着上学的日常生活。他们试图放松，不去想下一轮与敌人的战斗。黑猩猩建议他们放松几周，让紧张的神经恢复。

他们在亨利后院的树屋里见了几次面，一边吃着亨利母亲做的美味小吃，一边谈论过去的冒险经历。两次玛丽和罗伯特之间都发生了争论，关于谁在幽灵谷的胜利中应获得更多的功劳。玛丽不断提醒男孩们，如果不是她及时赶到与外星人作战并将失败转为胜利，他们早就被打败了。

罗伯特争辩说，即使她没有帮忙，他们仍然会赢。另外三个人没有参与他们的争论，因为他们非常清楚玛丽和罗伯特可以毫无理由地互相争论。争论持续了很长时间，约翰说：“黑猩猩让我们放松，但你却在做相反的事情。”

迭戈回答说：“约翰，到现在你应该知道，这两个人唯一能放松的方式就是互相争论。”这是一种他们用来放松的游戏。这句讽刺对玛丽和罗伯特没有影响，他们继续争论。

然后亨利说：“下次我们让他们自己去对抗敌人，我们三个人来判断谁打得更好。”即便如此，这也没有阻止他们的争论，所以他继续说道：“明天我们去湖边野餐，游泳放松一下。”

大家都同意了这个建议，争论就此结束。他们开始谈论关于在北美战胜外星人的新闻报道。报纸上都刊登了大标题：“北美击败外星人”，“陆军和美国海军陆战队击败外星人”，另一则写道，“敌人在美国被击败”，“所有敌军士兵被俘”，还有“陆军拯救北美”等等。

报纸上刊登了被俘敌军士兵的照片，但没有提到幽灵谷、孩子们、黑猩猩、总统或威尔逊将军。他们没有提到恶魔美洲虎或他的助手，也没有透露任何实际战斗的细节。有消息称，这次行动是由 FBI 和 CIA 策划的。他们进行了侦查工作，以识别所有被外星人控制的男人。然后，军队通过一系列迅速的行动，利用敌人的射线枪击败了他们，并将他们从外星人的控制中解放出来。这些行动进行得非常谨慎，因此很少有人受伤，北美从敌人手中解放出来。

被打败的敌军士兵正在接受治疗，以应对他们在外星人控制下所遭受的伤害和精神创伤。所有这些人会在一段时间后恢复，并过上几乎正常的生活，但他们不会记得在他们的思想被外星人控制期间发生的事情。

电视新闻频道也以类似的方式报道了这则新闻。总统非常小心地确保敌人不会知道孩子们和威尔逊将军所扮演的角色。与此同时，这则消息使敌人士气低落，并让整个北美和世界其他地区的自由人民感到安心。孩子们对这种报道感到满意，因为它保密了他们的角色以保护他们。

第二天，他们带着装满食物的篮子去湖边野餐。那是他们在赢得战斗后第一次去那里游泳。罗伯特说：“我想探索那个带我们进行第一次旅程的水下隧道。”

玛丽立刻说："继续找。"你永远找不到它，因为那是猩猩为我们的旅程创造的一个临时门户。罗伯特则不这么认为，他继续在三棵高树附近潜水寻找隧道。他的搜索徒劳无功，过了一会儿他就放弃了。

玛丽用她的法国口音讽刺地问："那么你找到隧道了吗？"当他摇头否认时，她补充道："看吧，我说过它已经不存在了。"

罗伯特反驳道："恭喜！"这是你第一次是对的。"

这引发了他们之间的另一场争论，而其他三个人则坐下来开始享用野餐午餐。争论在一位老人出现时停止了。他一瘸一拐地走着，从湖的对岸走来，正朝他们走去。玛丽说："我敢打赌，那是伪装成老人的猩猩，他之前在我们踏上过去之旅时分散了罗伯特的注意力。"

罗伯特回答："他看起来不一样了，他老了，而且他的衣服也很破旧。"这时，那个人走到他们面前说："我饿了。"我从早上开始就没吃东西。

亨利说："当然！"你可以坐下来和我们一起用餐。"我妈妈打包的食物比我们能吃的多得多。"

玛丽严厉地说："短跑选手不吃东西。"

老人立刻变成了黑猩猩，说："我骗了你们这些男孩，但这个小女孩太聪明了。"没有人能骗得了她。

这让玛丽非常高兴，她露出了灿烂的笑容。黑猩猩坐下来，在孩子们吃东西的时候说话。他说："我能看出你恢复得很好。"现在你必须开始为战争的下一个阶段制定计划。美国总统和威尔逊将军一直很活跃。我很快就会见到他们。许多世界领导人都热衷于与外星人作斗争。总统、威尔逊将军和我已经指导他们该怎么做。我们给光线配备了枪，以便他们可以使用望远镜识别敌军士兵。下周我将在树屋与你会面，讨论你的计划。然后我们将一起与总统和威尔逊将军讨论。

孩子们感到受宠若惊，因为他们将与总统和将军讨论这些计划。黑猩猩继续说道："在我忘记之前，让我告诉你一个有点令人不安的消息。"大约有十几个敌军士兵失踪了。"

亨利问："他们设法从幽灵谷逃出来了吗？"

"不，他们是来自不同地方的普通士兵。八人来自美国，加拿大和墨西哥各有两人。有可能其中一些被我们的士兵打晕了，失去了记忆，正在某处游荡。也许他们仍然在 Numero Uno 的控制之下并且正在躲藏。警方正在寻找他们。"他们已被宣布为失踪人员，新闻频道提供了奖励以获取关于他们的任何信息，"黑猩猩回答道。

"他们还在 Numero Uno 的控制之下吗？"询问亨利

"Numero Uno 已经精神崩溃了。""他怎么还能控制他们？"玛丽问。

"可能他们仍然在他的控制之下，"即使他还没有恢复，无法向他们发出任何命令，"黑猩猩回答道。"没有他的命令，他们不能采取任何严肃的行动。”当他恢复时，他们可能会对美国总统、威尔逊将军、加拿大总理、墨西哥总统和其他领导人构成威胁。我已经通知了他们，所以他们知道这件事，并且他们已经进入了安全区域。Numero Uno 仍然需要时间来恢复。我正在为他们提供额外的保护。“你们中有人想说些什么吗？”

由于他们无话可说，他渐渐地离开了。

第三章 - 间谍

弗朗西斯科·迪亚斯是一个不同寻常的人。他小时候在巴西长大，对足球充满热情。他想成为另一个贝利，比他进更多的球并成名。他大部分时间都在踢足球。他花了几个小时独自运球或练习射门。

不幸的是，他缺乏天赋和对足球精细技巧的理解。学校的足球教练最初试图鼓励他。后来，即使经过多年的练习，他也没有看到男孩的进步。有一天，他把他拉到一边，告诉他没有踢足球的天赋，充其量只能成为一个普通的球员。弗朗西斯科感到失望，并且好几天都不开心。他的教练、老师和父母都建议他专注于学习，成为一名医生、工程师或律师，但他的学习成绩也不好。

高中毕业后，他尝试成为一名魔术师、马戏团的杂技演员、剧团的演员和单口喜剧演员，但即使他尽了最大努力，这些都失败了。尽管缺乏天赋、技能和知识，但他并不缺乏雄心。他想成为一个有影响力的人，一个在社会上拥有权力并能赢得尊重的人；一个在人们心中留下深刻印象，即使他离开很久后仍被人们记住的人。

这超出了他的能力范围。最后，一位富有的亲戚给了他在工厂当保安的工作。现在他可以赚到足够的钱来养活自己。不久，他结婚了，过上了简单而稳定的生活。随着时间的推移，他和他的妻子有了两个孩子——都是男孩。当男孩们进入青少年晚期时，邪恶的外星人降落在秘鲁，并开始他们征服世界的任务。弗朗西斯科被他的工厂派到秘鲁工作，Numero Uno 控制了他的思想，因此他与家人分离。

很快，整个南美洲都落入了恶魔美洲虎及其团伙的手中。Numero Uno 被派往美国征服北美。他带了几个人，把一些人安置在墨西哥及其南部的国家，一些人安置在加拿大，并在美国境内留了十几个人来帮助他。他们的工作是当间谍，并向 Numero Uno 提供信息。弗朗西斯科成为了 Numero Uno 值得信赖的助手，因为他忠诚地为他服务。他梦想着在征服北美之后，Numero Uno 会给他一个高位。他告诉 Numero Uno 关于他在南美的妻子和儿子，并恳求他把他们带到北美。Numero Uno 发现他的家人被用作恶魔美洲虎的崇拜者。他们的思维能力会逐渐被消耗殆尽。他请求恶魔美洲虎将他们从崇拜者的群体中移除，并送到委内瑞拉的工厂，在那里他们会得到良好的待遇。

弗朗西斯科对 Numero Uno 心存感激，并以更大的忠诚为他服务。Numero Uno 甚至安排了几次他和家人之间的虚拟会议。弗朗西斯科仍然幸福地没有意识到，在征服整个地球之后，所有的工人和领导者最终将与崇拜者分享同样的命运。事实上，甚至南美国家的傀儡统治者也不知道他们会以同样的方式结束。

弗朗西斯科在蒙大拿的工厂里，当时孩子们进行了突袭。后来，当战斗在幽灵谷进行时，他也在场。Numero Uno 派他去那里向他汇报事件。他是那里为数不多的可以通过心灵感应直接与 Numero Uno 交流的人之一。

当袭击开始时，他试图建立心灵感应联系以警告 Numero Uno，但后者因疼痛无法回应。他几乎目睹了战斗的全过程，并且是最后被击倒的人之一。他看到孩子们在地上打架，但他们是在成年人的身体里，所以他没有认出他们，但他看到并认出了威尔逊将军在与邪恶势力作斗争。

当他被击倒时，他也从 Numero Uno 的控制中解脱出来。后来，他和其他人一样恢复了意识。这些人完全忘记了在他们被 Numero Uno 控制期间发生的一切。令人惊讶的是，弗朗西斯科记得发生的一切。在他住院康复期间，他能感觉到 Numero Uno 还活着，但不再在美国，而是逃到了南美。他试图与 Numero Uno 沟通，但后者无法回应，因为他尚未康复。

他开始担心他在南美的家人以及如何回到他们身边。像其他囚犯一样，他在一所陆军基地医院。他沉睡的野心开始显露出来。他自欺欺人地认为自己可以帮助 Numero Uno 重新控制他在北美的手下。他不知道，一旦人们从邪恶生物的控制中解脱出来，他们就无法再次控制他们的思想。他决定留在美国当间谍。他会为 Numero Uno 收集信息，以便后者能够征服北美洲并使他成为美国的统治者。然后他，弗朗西斯科，将获得皇帝的头衔。

第 4 章 – 战斗计划

孩子们在树屋里碰面，计划下一轮对抗外星人的战争。亨利开始讨论时说："让我们每个人都说说应该做什么。我建议我们从玛丽开始。

她已经准备好了她的想法，"我认为首先我们应该使用计算机来窃听他们在非洲和欧洲的通信网络。这可能会给我们一些关于他们在南美洲所做事情的线索。

然后约翰说："她是对的。"我们无法直接了解南美洲正在发生的事情，但如果我们知道他们在非洲和欧洲的行动，这可能会为南美洲提供一些线索。

轮到罗伯特了。他说："最大的问题是我们是否应该尝试解放欧洲或非洲。"我之所以这样说，是因为即使有军队的帮助，在南美洲击败敌人几乎是不可能的。

然后迭戈说："我们必须了解南美洲的情况。"也许黑猩猩可以带我们去那里，我们可以连接到他们的互联网，了解更多信息。那么也许我们可以计划在那里发动攻击，击败敌人并迫使他们离开地球。"可能不太容易，但值得一试。"

亨利再次说道："我想你们已经涵盖了所有内容。让我们先了解一下非洲和欧洲。约翰可以接手非洲的工作，玛丽应该帮助他。迭戈、罗伯特和我将了解欧洲及世界其他地区的情况。我相信我们发现的东西会帮助到黑猩猩。

玛丽说：“我确信他知道很多，但没有告诉我们太多。”他以自然法则为借口，声称只有当我们完成自己那部分工作时，他才会告诉我们。

亨利回答道：“他并没有编造关于自然法则的部分。让我们尽自己的一份力。他与总统和威尔逊将军保持联系，所以他知道他们所知道和所想的。

其他人同意了他的意见，会议结束了。后来，他们认真地开始了调查工作。他们了解到的情况令人不安。Numero 和 Numero Tres 已经控制了成千上万的新追随者。前者在非洲和一些亚洲的岛国收集了将近一万名追随者，而 Numero Tres 在欧洲、亚洲、澳大利亚、新西兰和一些亚洲的岛国则获得了大约六千名追随者。孩子们还收集了这些人的姓名和地址，并找出了他们中间的领导者。他们确信黑猩猩会对他们的工作印象深刻。

与此同时，黑猩猩会见了总统和威尔逊将军。总统说：“我们已经收集了三万多把射线枪和射线手枪。”大约一万人已被派往其他国家，以便识别和消灭敌军士兵。将军向我保证，他的士兵们都已准备好入侵南美洲并彻底击败敌人。如果你给他们对光线枪的免疫力，并教他们如何飞行，我们的胜利将是确定的。

黑猩猩回答：“有些问题。我一次只能在空中维持大约十二个人，并保持他们的免疫力。北美的战争完全不同。在幽灵谷的战斗后，Numero Uno 已被消灭。控制射线的广播已被停止。敌军士兵群龙无首，对发生的事情一无所知，也不受控制射线或头号人物的影响。

他停顿了一下，让这句话深入人心：“基本上，这就是清理一个被打败和士气低落的敌人的情况。”南美洲是另一种情况。

恶魔美洲虎和四号完全掌控局面。他们有非常多的武装士兵。他们有非常强大的射线枪来摧毁船只和飞机。你可以轻易用常规武器杀死他们几乎所有的男人。这可能会迫使邪恶团伙离开地球。“你愿意为了做到这一点而杀死这么多无辜的人吗？”

“一点也不，”总统回答道，“我们不想杀死敌军士兵。”“我们将使用他们的射线枪来释放那些被邪恶控制的人。”

威尔逊将军说道：“我们可以考虑使用无人机投放催泪瓦斯或一些神经毒气，以短时间瘫痪敌人。”然后我们可以用降落伞从飞机上把我们的人投放到那里。他们会使用射线枪大量击倒敌军士兵，以便击倒Numero Cuatro。这会迫使他们永远离开我们的地球吗？

黑猩猩说：“如果第四号被击倒，地球肯定会自由。”恶魔美洲虎将带着他的四个帮派成员逃到某个遥远的地方，但——

将军打断道：“你预料会有什么问题？”

黑猩猩说：“你能否在广阔的区域内准确投放神经毒气弹，以同时瘫痪成千上万的人？”气体不会均匀扩散。有些人不会吸入足够的气体而导致瘫痪。其他人可能会得到太多而被杀。许多人将完全不受影响。他们会摧毁你的飞机，杀死你的士兵。请咨询您的专家以确定这是否是一个可行的计划。

他再次停顿以制造效果，然后继续说道：“其次，你们的士兵必须在短时间内至少射杀两万人，甚至更多，才能击败Numero Cuatro。”他比头号人物要强硬得多，头号人物在大约八千名手下被击毙后就被打倒了。

总统和将军点头表示理解。将军说："是的，我明白有效使用催泪瓦斯和神经毒气会很困难。"我们几乎没有大规模使用神经毒气的经验。我会询问我们的专家，看看我们是否可以用它在大范围内暂时瘫痪大量的人。

黑猩猩说："是的，并告诉他们，该地区可能多山，有许多树木和灌木，因此很难均匀地散布气体。"让他们做一个计算机模拟实验。"

将军说："如果我们能以双方几百甚至几千人的生命为代价确保胜利，我愿意接受，以拯救世界。"

总统点头表示同意。然后，黑猩猩告诉他们要小心，不要在公众面前露面。

他说："我会为你们两个制作虚拟图像，你们可以控制它们。""在需要时让这些公开出现。"

第五章 - 意外

孩子们聚集在亨利的家。他的母亲做了大量的三明治和一些蛋糕，他们一边喝牛奶或冷饮一边津津有味地吃着。迭戈和罗伯特不停地称赞蛋糕，这让亨利的母亲很高兴，她说："我想知道你们在树屋里谈些什么。"

迭戈回答："主要是关于我们的学校作业和项目之类的事情。"

吃完饭后，他们上了树屋。那架摇摇欲坠的梯子已经被亨利的父亲修好了，所以他们爬得很快，因为他们与黑猩猩的会面有点迟到了。

他像往常一样出现，首先是一张大纸从窗户飘进来，然后它变成了垂直状态。上面有一张像黑猩猩一样的人的图片。很快它变成了一个人。

玛丽高兴地拍着手说："每次你这样进来，我都感到很激动。"

黑猩猩对她微笑着说："我认为你们在发现敌人的秘密方面一直都很积极。"跟我说说吧。"

亨利回答道："Numero Dos 和 Numero Tres 一直在积极争取大量新追随者的控制权。"他们大多在像冰岛、爱尔兰、英格兰、澳大利亚、新西兰、斯里兰卡、菲律宾、印度尼西亚、日本和台湾等岛屿上。我们认为他们计划控制这些岛屿，因为这些岛屿难以入侵，他们可以轻松击退入侵。

黑猩猩说："干得好！你做得比我预期的要好得多。我想你一定也得到了他们的名字和地址。

亨利回答："是的，我们甚至已经找到了预计会成为统治者的人。"他们为每个岛屿选择了一个单独的统治者。

黑猩猩印象深刻，说："太棒了！我们必须对这些岛屿进行一些突袭，以消除那些将要统治的人。这将扰乱他们的接管计划。我认为我们每天可以攻击至少六个岛屿。我也会将这些名单交给政府。

玛丽回答说："不，我认为我们每天至少可以攻击十几个岛屿。"

黑猩猩说："是的，如果我们幸运的话，但在某些岛屿上，我们可能需要更多时间来追捕那些狡猾的首领。"现在让我告诉你我与总统和将军的会面。他们急于进攻南美洲。我告诉他们关于困难和风险。他们计划使用某种神经毒气和催泪瓦斯在攻击前制服敌人。他们的专家将检查它以确定这是否是一个可行的计划。

亨利说："我们也准备好以各种可能的方式帮助他们。"

黑猩猩回答："是的，我知道。当我们进攻时，你们也会参与，但现在我们必须做一些准备工作，并制定一个万无一失的作战计划。

玛丽问："你认为我们能把恶魔美洲虎和他的团伙赶出我们的地球，还是我们能抓住他们并永久监禁他们？"

黑猩猩回答："这是一个百万美元的问题。"我最大的愿望是抓住恶魔美洲虎及其团伙并惩罚他们。不幸的是，我看不到那种情况发生。"在我们能将地球从他们的掌控中解放出来之前，我们还有很多事情要做。"

亨利回答："我同意你的看法。"将他们驱逐出去将比将他们赶出美国更困难。我认为我们还有很多事情要做，并且要为第二轮战斗做好计划。

其他人点头表示同意，黑猩猩说："我会在这个周末带你去攻击那个岛。"

在星期六和星期天，黑猩猩带他们去攻击那些岛屿。他们从澳大利亚开始。计划很简单。他把亨利和罗伯特留在领袖家附近的一棵树上。它们栖息在树枝上，对所有路过的人来说看起来像老鹰。黑猩猩带着另外三个人去到了一个有几个敌人居住的地方。然后他们向亨利和罗伯特示意，开始向敌人射击。

每当他手下的一个人被击倒并脱离他的控制时，Numero Tres 都会感到一阵剧烈的刺痛。这让他失去了平衡相当长一段时间。这给了亨利和罗伯特时间去拜访领导的家，把他和他的妻子打晕，并向黑猩猩发出信号，黑猩猩接上另外三个人来到那里，并接上亨利和罗伯特。紧接着，他们迅速前往塔斯马尼亚，并重复了同样的一系列攻击。然后他们袭击了新西兰的北岛和南岛以及日本的一些较大岛屿。

黑猩猩说："你已经消灭了这么多领导者，Numero Tres 需要很长时间才能找到他们的替代者。"你让他感到剧烈的针刺感，除此之外，他还会被恶魔美洲虎责骂。

然后他给他们展示了 Numero Tres 跳来跳去并在感受到剧烈刺痛时摔倒在地的场景。孩子们大声笑了很长时间。

第二天是星期天。黑猩猩在约定的时间在湖边见到了他们，并说：

“今天我们将在 Numero Dos 控制的地方发动攻击。“我们将对桑给巴尔、斯里兰卡以及印度尼西亚和菲律宾的主要岛屿进行突袭。”

这次一切也都像钟表一样精确运作，他们击倒了这些地区的许多高层领导。在返回之前，黑猩猩带他们参观了印度的科贝特国家公园，在那里他们看到了老虎、大象和其他野生动物。他们对周六和周日所看到的以及他们的成功都感到非常满意。他们决定在下个周末再进行几次攻击，而在此期间，孩子们会尝试获取更多关于敌人的详细信息。

星期四发生了一件意想不到的事情。朋友们下午去湖边游泳，但直到傍晚才回来。亨利的父母很担心，去了湖边但没有找到他们。他们联系了其他孩子的父母，但没有人知道他们在哪里。然后他们找到了警察，警察开始寻找他们。不知怎么，消息传到了总统和将军那里，他们通过心灵感应联系了黑猩猩。即使他也不知道发生了什么。总统下令在整个美国进行搜查，并联系了加拿大、墨西哥及其南部其他国家的领导人，但没有关于这五位朋友的信息。总统和将军担心他们可能已经被杀。

黑猩猩试图安慰他们：“我确信他们还活着。如果他们被杀了，我会感觉到的。我会竭尽全力去营救他们。我确信他们已经被抓住并带到了南美。

第六章 - 弗朗西斯科采取行动

关于朋友们在南美被捕并被囚禁的事情，猩猩所说的是真的，但无论是猩猩还是总统和将军都不知道事情是如何发生的。他们对弗朗西斯科和他的角色一无所知。在医院康复后，弗朗西斯科开始进行间谍活动，以获取对 Numero Uno 有帮助的信息。他买了一套旧军装，开始穿着它去大型军事基地附近的酒吧。他会坐在某个士兵旁边，开始交谈，并将话题引向幽灵谷的战斗。他走访了不同的美国军事基地，收集了一些零星的信息，但没有什么特别有价值的内容。他决定前往五角大楼，然后去西点军校，但在这些地方没有获得太多信息。然后他想去华盛顿碰碰运气。

总统为表彰儿童和将军而举行的仪式一直是一个严密保守的秘密。有时候，最好的秘密也会泄露。一名助手在仪式上提供了帮助，并看到了孩子们，还听到他们来自本顿维尔。他忍不住向妻子夸耀关于仪式和孩子们的事情。她反过来把秘密告诉了她的妹妹，同时要求她保密。她的姐姐告诉了她的丈夫，军士长阿瑟，要求他保密。

有一天，亚瑟正在酒吧喝酒，这时弗朗西斯科过来坐在他旁边。他也穿着军装，开始谈论幽灵谷之战。他假装自己是那里的美国士兵之一。亚瑟听弗朗西斯科讲述他的虚构冒险，并感到印象深刻。到目前为止，他还没有向任何人透露这个秘密，但饮料的效果让他放松了警惕，他想说些能让弗朗西斯科印象深刻的话。

他说："你会对我所知道的感到惊讶。"到目前为止我一直保守这个秘密，我希望你也能保守这个秘密。

弗朗西斯科回答："当然，伙计，我会的。""我和你一样是个忠诚的士兵。"

亚瑟继续说道："令人惊讶的是，敌人竟然被一群看起来只有十二三岁的年轻孩子打败了。"他们得到了一个长得像黑猩猩的奇怪男人的帮助。

这听起来太荒谬了，弗朗西斯卡脱口而出："你一定是在开玩笑！"

亚瑟回答说："你可能不相信，但这个故事是我从我妻子那里听来的，她的姐夫看到总统在表彰孩子们和威尔逊将军。"最重要的是，他们是来自一个叫本顿维尔的小镇的孩子，其中一个还是女孩。

那天晚上，弗朗西斯科直到很晚才入睡。关于孩子们的故事荒谬至极，但他一直在想着这件事。他试图用心灵感应联系 Numero Uno。令人惊讶的是，他能够连接。后者仅在几小时前才恢复。他听完了弗朗西斯科的整个故事，从幽灵谷的战斗开始一直到他与亚瑟的会面。

他说："弗朗西斯科，这听起来可能很奇怪，但可能是真的。"我们的敌人是狡猾的，他对我们耍的卑鄙手段更加狡猾。你应该去找这个地方本顿维尔，查看一下孩子们的情况，然后告诉我。也试着了解一下这位威尔逊将军。我们将处理孩子们、将军和总统。他们自以为聪明，但我们才是笑到最后的人！

第二天早上，弗朗西斯科仔细考虑了这件事。可能有几个名为本顿维尔的小镇。晚上他回到了酒吧。他很幸运在同一个座位上找到了亚瑟。他走到他面前说："对不起，我昨天不相信你。"现在我认为你可能是对的。"你说孩子们是从哪里来的？"

亚瑟回答道："是西雅图附近的一个小镇，我现在想不起来名字了。"

弗朗西斯科得到了他想要的，并试图了解更多。他随意地说道：“我当时和威尔逊将军的部队在一起，但他似乎消失得无影无踪。”

亚瑟回答：“他可能藏在某个安全的地方。”你知道战争还没有结束。“敌人控制了南美洲。”

第二天早上，弗朗西斯科乘飞机飞往西雅图，然后乘公共汽车前往本顿维尔。他入住了一家小旅馆，并告诉经理他是一档电视问答节目的人才搜寻代理。他在寻找 12 到 13 岁年龄组中最聪明的孩子。

经理施瓦茨先生回答：“你很幸运。你刚刚遇到了合适的人。镇上有一个叫亨利·泰勒的男孩，他是镇上最聪明的男孩。他有四个朋友，其中包括一个名叫玛丽的女孩。另外三个是罗伯特、约翰和迭戈。“这五个是我们镇上最聪明、最有才华的孩子。”

弗朗西斯科简直不敢相信自己的运气，但他有些怀疑地问：“你怎么能这么确定？”

施瓦茨先生回答说：“我的两个儿子在学校里比他们高一两个年级。”他们多次跟我提起过这些孩子。另外，亨利的父亲是我在学校的朋友，我们偶尔会在他家见面。所以，我对那个男孩了解很多。此外，整个学校和他们的老师都说他们很出色。

弗朗西斯科说：“我在哪里可以见到这些孩子？”在学校见到他们可能会很困难。我更愿意在他们家见面。

施瓦茨先生给了他亨利的地址、他父亲的名字和他家的路线。他还说：“另外四个人经常去看望亨利。”事实上，在他们房子后面的场地里有一个树屋，他们在那里一起学习。在亨利家后面不远处有一个湖，他们在那里游泳或玩耍。如果你幸运的话，你可能会见到他们全部在一起。

然后他把泰勒先生的电话号码写在一张纸条上，说：“最好打电话和亨利谈谈，安排一个和他们见面的时间。”

弗朗西斯科感谢了他，然后去了他的房间。他无法抑制自己的喜悦和兴奋。他通过心灵感应联系了 Numero Uno，说：“老板，我简直不敢相信我的运气。我一入住本顿维尔的一家酒店，就中了大奖。我告诉经理，我是一名人才发掘者，正在寻找聪明的孩子。他告诉我关于五个非常聪明的孩子，他们是亲密的朋友，其中一个是女孩。

“你怎么这么确定？”Numero Uno 问道。

“如果士兵的故事是真的，那么这些孩子一定就是他们。”“他们的年龄和数量相符。”弗朗西斯科回答。

Numero Uno 说：“干得好！仔细听我说的话。注意看着孩子们，尽量把他们都带到一个僻静的地方，然后联系我。我们会在你的帮助下绑架他们，把他们带到这里，还有你。

“你刚才说的非常清楚，”弗朗西斯科回答道。“如果我不能把他们全部带到一个偏僻的地方怎么办？”

“那就抓住他们的首领，还有尽可能多的人，”Numero Uno 回答道。“我会日夜等待你的电话。”“如果我们不能抓住他们所有人，我们必须抓住他们的领袖。”

弗朗西斯科按照经理的指示走到亨利的家。他很高兴看到那是一座远离其他房屋的独立房子。他绕着房子走了一圈，看到了树屋。然后他去了湖边，制定了他的计划。湖边是抓住这五个孩子的最佳地点，树屋是第二选择。每天下午，他都会来到房子附近的灌木丛中藏起来，等待亨利的朋友们来拜访他。

第三天，他看到他们到达并进入了房子。他耐心地等待，希望他们都会去树屋或湖边。在似乎过了一个世纪之后，他们出来并朝湖边走去。他与 Numero Uno 交谈，并告诉他准备好在几分钟内行动，因为孩子们正朝湖边走去。

Numero Uno 说："我知道你的位置。一旦你再次联系我，Numero Cuatro 将带着四个人到达那里，你们都必须迅速完成任务。

当孩子们到达湖边时，弗朗西斯科发出了信号，Numero Cuatro 和他的四名手下在几秒钟内就到了。Numero Cuatro 用一个电子场将孩子们包围起来，这个电子场可以阻挡信号通过，但人可以通过。四名男子冲了进来，抓住了试图通过心灵感应联系黑猩猩的孩子们，但他们的思想无法穿过电子屏障。Numero Cuatro 抓住所有人，仍然被困在电子笼中，迅速逃往南美洲。一切都在几秒钟内发生。尽管 Demon Jaguar 并不完全相信小孩子能够在幽灵谷赢得战斗，但在 Numero Uno 的坚持下，这次行动还是得到了批准。

第七章 - 命运的转变

在孩子们被绑架的前一天，施瓦茨先生不得不紧急离开本顿维尔。他的妹妹住在旧金山，身体不太好，他去看望她。他在那里多待了几天，以处理一些重要事务。在他回到本顿维尔时，他得知了孩子们失踪的消息。他立刻告诉了警察关于弗朗西斯科的事情。警方对弗朗西斯科进行了追捕，但没有取得任何进展。总统办公室得知此事后，他召见了黑猩猩和将军与他会面。

他们在总统的秘密藏身处见面。在讲述了关于弗朗西斯科的事情后，总统说："警方正在寻找这个人。"一幅非常好的素描已经流传开来，我们得到了一些线索，显示他是幽灵谷被捕的敌人之一。这有点令人困惑，因为在被击倒后，他不可能对敌人忠诚。你曾说过敌人无法重新控制这样的人。

黑猩猩回答："在大多数情况下确实如此，但在极少数情况下，这样的人可以保留他们以前的记忆，并对他们以前的主人保持忠诚。"我确信他仍然忠于敌人。他一定是与 Numero Uno 取得了联系，后者一定是从南美过来绑架了孩子们。我的第六感告诉我他们还活着，但我无法确定他们在哪里。他们一定在南美洲的某个建筑物或洞穴内的电子笼子里。这可以防止与外界的任何接触。他们可能正在审问他们。

将军问："我们难道不能做些什么来营救他们吗？"

黑猩猩回答："连我也找不到他们。"如果他们有机会并联系我，那么我可以找到他们并飞过去救他们。

总统问："如果你飞越南美洲，难道不能发现他们的存在吗？"黑猩猩叹了口气，说："我多么希望我能做到，但这实在是不可能。"即使我在电子笼子几英尺内飞行，我也无法检测到它们，但我可以向你保证它们活得好好的。

总统问："你怎么能这么确定？"

黑猩猩回答："我与他们建立了非常深厚的联系。"如果他们被杀了，我会感觉到的。我会专注于寻找恶魔美洲虎，然后不时查看是否有他的助手来见他，并试图偷听他们的谈话。

将军说："我为那些勇敢的孩子们感到心痛。"我无法忍受去想那些为了让他们说出我们的秘密而进行的折磨。

总统说："我也有完全相同的想法。"我希望我们能给他们更好的安全保障。

黑猩猩反驳道："对他们来说，保密是最好的安全措施。"他们的角色被保密了。他们遭受了许多打击，并且长期处于巨大的压力之下。这就是为什么我觉得他们在自由的环境中待在家里会恢复得更好。

总统说："如果你如此确定他们在南美洲，那么我们应该取消对他们的警方搜查。"

黑猩猩们回答："搜索必须继续。"这会误导敌人，让他们以为我们把这当作普通的绑架对待。

将军说："孩子们被捕是一个巨大的损失，但我们必须继续准备在没有他们帮助的情况下与敌人作战。"我们应该考虑敌人能从中提取多少信息。

总统补充道："我们的科学家一直在进行研究，以开发材料来保护我们的士兵免受敌人的射线枪攻击。"此外，我们正在尝试开发可以携带射线枪攻击敌军士兵的遥控无人机。我们的科学家也在研究其他想法来击败敌人。

将军开口说道："我的士兵正在使用小型潜艇监视南美洲的沿海地区。"他们已经找到了几个大型沿海射线枪的位置。此外，他们跟踪了一些前往非洲和欧洲的敌舰，但我们没有攻击它们。我认为是时候这样做了。我不确定这些潜艇是否能免受恶魔美洲虎或他的手下的攻击。

黑猩猩回答："只要它们在水下，它们就是安全的。"在水面上，它们可以被船只的重型射线枪击沉。恶魔美洲虎也可以用他的魔法力量让他们沉没。

总统对将军说："你有我的许可攻击敌方舰船和岸炮，只要我们不会损失太多的人和潜艇。"我想知道他们的船运载着什么货物。

黑猩猩回答："他们的船只携带射线枪和广播控制及思想监控波的天线。"

将军回答："他的助手们很强壮，可以快速飞越大陆。"他们为什么不带设备？

黑猩猩反驳道："为此，他们将消耗大量恶魔美洲虎从其信徒的思想中收集的精神力量。"船只使用易于获取的燃料运行。如果我们击沉他们的船只，我们将减缓他们的进展。我还想带一些你的士兵去南美洲，以了解更多关于敌人的情况。"我得给他们一些魔法装置，并训练他们几天。"

将军说："我会征求志愿者，你可以从中挑选最优秀的。"

"很好，"黑猩猩回答道。"我有一种强烈的感觉，我们很快就会救出孩子们。"

他们的会议在这个积极的想法中结束。

第八章 - 孩子的磨难

孩子们被迅速带到南美洲的速度让他们感到震惊。他们刚才还在亨利家后面的湖边，下一刻就被一些恶棍抓住，并被Numero Cuatro带到一个山洞里。他们从黑猩猩给他们看的图像中认出了他。他们只用了几秒钟就明白了情况。他们现在是敌人的俘虏。他们本能地明白在这种情况下该如何行动。他们知道敌人会试图通过监控他们的思想和审问他们来获取信息。敌人甚至可能会折磨他们。他们明白，最好的防御就是控制自己的思想，抹去所有关于敌人、黑猩猩以及与敌人冲突和战斗的想法。在他们的间谍活动中，无论是非洲的小规模冲突还是幽灵谷之战，他们都控制住了自己的思想，以避免泄露秘密。他们专注于思考他们的家、学校、游戏和其他无辜的活动。这有点困难，但他们还是成功了，因为他们过去有过很多练习。

洞穴里灯光明亮，入口处有两名持射线枪的守卫。Numero Cuatro 告诉他的另外四个人留在洞穴里，轮流看守囚犯，每班八小时，并且在洞穴入口处随时有两个人值守。与此同时，弗朗西斯科假装自己也是一名囚犯。他不停地重复道："我是无辜的。""你为什么绑架我？"

Numero Cuatro 说："闭嘴。""我会带你去我的刑讯室，我们很快就会从你那里得到真相。"

这吓到了孩子们，但也让他们更加坚定不向敌人透露任何秘密。Numero Cuatro 告诉守卫他要离开，然后抓住了弗朗西斯科并消失了。他去见了头号人物，对他说："我们抓到了那些孩子，他们在山洞里，有人严加看守。"他们不知道弗朗西斯科是我们的人。"现在让我们去见老板。"

然后他们迅速赶去见恶魔美洲虎。Numero Uno 说：“老板，我们抓住了那些与我们作对的孩子。”这个人，弗朗西斯科，在侦查和了解这些孩子方面做得非常出色。Numero Cuatro 抓住了他们，并把他们关在一个有守卫的洞穴里。他们无法逃脱，电子笼子不会让那只愚蠢的黑猩猩找到他们。

恶魔美洲虎并不感到印象深刻，“这个人没有你的气场，所以这意味着他不在你的控制之下。”其次，我很难相信五个小孩子的团队能够在幽灵谷击败你们成千上万的士兵，并将你们赶出北美。我们怎么能相信这个人对那些孩子所说的话呢？我们没有其他证据证明他们与我们作对。“他们的报纸、广播或电视上没有报道任何关于孩子们与我们作斗争的消息。”

Numero Duo 回应道：“弗朗西斯科对我完全忠诚。”从我们在秘鲁的最初日子起，他就一直在我的控制之下。他和我一起去了北美，就像我的得力助手。他在幽灵谷的战斗中被击倒，所以他没有光环，但他记得在他被我控制期间发生的所有事件。其他人记不住。所以，这意味着他与其他人不同。他自愿帮助了我们，并且回到了我们身边。如果他对我们不忠诚，他会回来吗？

恶魔美洲虎争辩道：“我知道他的妻子和儿子在委内瑞拉的一家工厂里。”您曾要求我将它们转移到您的控制下。也许他是因为他们而假装忠诚。也许他是那个名叫 Chimp 的猴子安插的双重间谍。“他可能是被派来监视我们的。”

弗朗西斯科抗议道：“我是一个诚实的人。”你怎么能怀疑我？我完全忠于你的事业吗？我的未来与你的未来息息相关。如果这些孩子是无辜的，我为什么会帮助把他们带到这里？

Numero Uno 为他说话："老板，我的直觉告诉我，他关于孩子们所说的是真的。"

Numero Cuatro 开口说道："老板让我全权负责审问这个弗朗西斯科和孩子们。""我会从他们那里揭露真相。"

恶魔美洲虎大声笑着说："Cuatro，我们都知道你能让任何人承认任何事情，即使他们是无辜的。"我想见见孩子们，然后再决定该怎么做。把弗朗西斯科留在后面作为囚犯，由人看守，然后你可以去洞穴。

恶魔美洲虎和库阿特罗突然出现在洞穴中，吓到了孩子们。恶魔美洲虎非常高大且具有威胁性，而库阿特罗则矮壮、丑陋且外表阴险。孩子们以为现在折磨就要开始了。他们做好了准备。

当 Cuatro 说"我已经把你的那个朋友放进了刑讯室"时，他们的恐惧加剧了。在那里待上几个小时，他就会崩溃并说出一切。你为什么不也坦白，否则我们也得把你关进房间？"我保证这会很痛。"

亨利知道，假装害怕并乞求被饶恕是最好的选择。他扮演一个受惊吓的孩子的角色，说："我们是无辜的小孩子，被你们的人从我家附近绑架了。"我们的父母会支付你想要的任何钱来释放我们。我们不知道你想让我们承认什么。我们从未见过那个人。我们甚至不知道他的名字。

其他人也开始请求被释放。玛丽假装大声哭泣，甚至流下了许多眼泪。她不停地重复道："请让我们走。"难道你看不出我们是无辜的小孩子吗？"

这时，Numero Uno 已经出现了。他有一个大肚子和一个小头。这让他看起来很滑稽，但孩子们都吓得不敢笑。

他说："老板，那只狡猾的猴子把这些孩子训练得很好。"看看他们演得多好，撒谎得多好。也许你应该让Numero Cuatro从他们那里得到真相。

恶魔美洲虎说："库亚特罗不应该浪费他的时间。他和我们其他人有更重要的事情要处理。现在让我们离开这个地方。

然后三个人都消失了。在他的巢穴里，恶魔美洲虎说道："在他们的洞穴里以及那个弗朗西斯科附近放置一个思想监控装置。"Cuatro，你带一些人去本顿维尔，在他们每个父母的家屋顶上安装思维监控设备。我们将监测他们的想法两天。如果孩子们参与了对我们的战斗，我们会得到一些证据。现在让我们回到我们的任务上。

接下来的两天至关重要，但孩子们对自己的思想有着极大的控制力，设备没有记录到任何将他们与黑猩猩或幽灵谷之战联系起来的东西。他们的父母对他们的活动一无所知，所以他们的想法也没有透露出任何可疑之处。弗朗西斯科对多忠诚，设备没有记录下任何不忠的想法。

第三天，恶魔美洲虎和头号人物之间进行了长时间的讨论。前者说孩子们是无辜的，而弗朗西斯科虽然忠诚，但在相信亚瑟所讲的故事时犯了一个错误。Numero Uno 争辩说，这些孩子绝对是敌方特工，而黑猩猩一定是用他的魔法力量从他们和他们父母的记忆中删除了证据。

“过去，当我说黑猩猩已经来到地球并干涉我们的事务时，你并不相信我。“这次你也会后来才意识到我是对的吗？”多说道。

Numero Cuatro 再次提议折磨孩子们以获取真相。恶魔美洲虎说：“不。只要他们在这里，就把思维监控装置留在他们的洞穴里。”如果他们有罪，他们会犯错，设备会抓住他们。把设备和你的人从本顿维尔带回来。我不想冒险让我们的人员被敌人发现。让那个叫弗朗西斯科的人去见他的家人。我很确定他犯了一个愚蠢的错误，但他对我们很忠诚。

Numero Uno 和 Cuatro 都表示抗议，但恶魔美洲虎说：“我已经下定决心，所以不要再争论了。”

弗朗西斯科在分别很长时间后与妻子和儿子团聚了。他们的喜悦无以言表。他告诉他们自从在秘鲁被捕以来发生的一切。他们反过来告诉他，当他们不得不在恶魔美洲虎的活生生的形象前祈祷时，他们最初的痛苦，以及当他们被转移到 Numero Cuatro 的控制下并被送往委内瑞拉的工厂时的改善。他们仅在一定程度上受控于 Numero Cuatro，并保留了相当大的独立思考能力。这对他的妻子尤其如此。当和妻子单独在一起时，弗朗西斯科告诉她，如果他能帮助 Numero Uno 征服北美，那么 Uno 会让弗朗西斯科成为美国总统，而她将成为第一夫人。

她惊恐地后退，说道：“我不会接受这些邪恶生物的任何东西。”他们打算摧毁所有人类生命。

弗朗西斯科感到震惊，并与她争论。他试图说服她成为总统和第一夫人的好处。他告诉她关于权力和荣耀，他的抱负实现以及他们儿子们的好处。

她拒绝考虑这一点，并说："你犯下了一个大罪，因为你帮助抓住了这些与邪恶生物作斗争的孩子。"你必须帮助他们获得自由，否则我将再也不和你说话。

弗朗西斯科试图寻求儿子的支持，但他们站在了母亲那边。他们说："我们四个人为了让孩子们获得自由而死去，这样更好。""他们必须继续与这些邪恶的怪物战斗，拯救我们的星球。"

弗朗西斯科回答说："我一直努力为我的家人提供最好的。"现在我有机会成为这个最强大国家的总统，而你却拒绝了。我不想要这个职位只是为了我自己的荣耀。我也是为了我的妻子和儿子们这样做。我希望全世界都尊重你们。

他的妻子和儿子们拒绝让步。最后，他们让他明白，他所做的事情对人类来说是完全错误的。他感到悲伤和懊悔，说："我很高兴你让我看清了这些邪恶生物的真相。"现在我决心帮助解救这些孩子，即使这要付出我的生命，但我担心如果我背叛他们，他们会折磨你们所有人。

他的妻子回答说："为了那些孩子，我和我们的两个儿子将欣然面对任何折磨或死亡。"

儿子们也表示他们完全同意他们的母亲。

弗朗西斯科说："要解救那些孩子并不容易。"我必须想办法去做。

弗朗西斯科知道孩子们什么都没有透露，仍然被困在洞穴中。他的脑子飞速运转，灵光一闪，一个计划浮现在他的脑海中。他通过心灵感应联系了 Numero Uno，问他："那些孩子承认与我们作对了吗？"

"不，还没有，" Numero Uno 回答道，"但我仍然希望读心装置可能会……"

揭示一些东西。

弗朗西斯科说："我可以帮你。"如果你把我放进洞穴，我会赢得他们的信任，让他们揭示真相。他们没有怀疑我，我可以通过假装帮助他们逃跑来轻松地欺骗他们。

Numero Uno 回复道："听起来是个好主意，但让我先得到老板的批准。"

不久，他和弗朗西斯科谈话，说："老板对这个想法不太满意，但我说服了他，他同意了。"

弗朗西斯科被四号带到洞穴，四号在孩子们面前粗暴地对待他，并对守卫说："这是给你们的另一个囚犯。"他是个狡猾的家伙，所以要小心。

弗朗西斯科的计划很简单。他知道那些守卫知道他是他们自己的人，并且是被安插进去从孩子们那里获取信息的。他和孩子们闲聊，并向他们抱怨自己遭受了折磨。晚上，孩子们和四名额外的守卫都去睡觉了，只有靠近洞口的两个人醒着。他耐心等待，假装睡着了，但不时用一只眼睛偷看守卫。过了一会儿，守卫们放松下来，开始互相交谈。弗朗西斯科悄悄地靠近他们，夺过一个守卫的枪，射杀了他们两个，然后冲到其他守卫睡觉的地方，连续射杀了四个。他迅速叫醒孩子们，催促他们逃离洞穴。

他知道 Numero Cuatro 会感到刺痛并很快恢复。他想把孩子们尽可能远地带离洞穴。一离开电子笼，亨利就联系了一直在警惕任何信号的黑猩猩。眨眼之间，他就到了那个地方，抓住孩子们和弗朗西斯科，把他们全都带到一个喜马拉雅山的洞穴里，并把他们关在一个电子笼子里。

几分钟后，Numero Cuatro 到达了洞穴。他感到针刺般的疼痛，几秒钟后恢复过来，但花了几分钟才明白事件发生在哪里。他震惊地发现守卫们昏迷不醒，而囚犯们已经不见了。起初，他以为他们可能逃进了周围的森林，并试图用他的能力找到他们，但他们已经消失得无影无踪。他赶紧回去向恶魔美洲虎报告这个坏消息。后者非常愤怒，使用他的力量寻找孩子们，但即使他的力量远远超过了 Numero Cuatro，他也失败了。然后他意识到黑猩猩一定是把它们放进了一个电子笼子里。这让他更加愤怒，他召来了 Numero Uno，并对他说："这都是你的错。"你为什么坚持把那个无赖弗朗西斯科安插在他们中间？他打晕了你的守卫，带着孩子们逃走了，即使是我，拥有所有的力量，也无法找到他们。

Numero Uno 试图为他的决定辩护："我们已经测试了弗朗西斯科两天，你自己也宣布他对我们忠诚。"我确信孩子们设法制服了守卫，并召唤了那只狡猾的猴子，它把他们带走了，还把弗朗西斯科当作囚犯带走了。那只黑猩猩一定在折磨他以获取关于我们的信息。我一直在说那些孩子和那只猴子结盟了，他把所有狡猾的把戏都教给了他们。这无疑证明了我说的是实话。

恶魔美洲虎无法反驳他的论点。他说："你关于孩子们的看法是对的，但我不确定弗朗西斯科的忠诚度。"也许是我们的思维监测设备出了故障，或者他是那种思维无法被正确监测的特殊人群之一。如果我们发现他背叛了我们，我们可以通过折磨我们在委内瑞拉扣押的他的家人来报复。

Numero Cuatro 一直在安静地听着。突然他说："我会立刻飞往委内瑞拉，把他的家人带到这里来。"他很快回来，带来了坏消息：弗朗西斯科的妻子和儿子们消失得无影无踪。彻底的搜查显示，他们突然离开了，床铺凌乱不堪。

他说："一定是猩猩老板把它们带走了。"

这再次激怒了恶魔美洲虎。他对 Numero Uno 大喊："这无疑证明了弗朗西斯科背叛了我们并加入了敌人。"他和他的妻子及儿子可以向他们提供很多关于我们的信息。这是完全是你的错。

Numero Uno 道歉道："请原谅我，老板。我信任弗朗西斯科是一个大错误。我仍然没有完全从之前受到的痛苦伤害中恢复过来。现在我认为弗朗西斯科完全欺骗了我们。他一定是和那个犯罪的猴子达成了协议，背叛我们以便能解救他的家人。那些孩子一定是无辜的诱饵。那只猴子一定从得到弗朗西斯科的妻子和儿子那里获得了很多，因为他们可以提供很多关于我们的信息。

Numero Cuatro 说："但他们在我的控制之下，所以他们无法向敌人提供任何信息。""如果它们被释放了，我会感到三次针刺。"

Numero Uno 反驳道：“如果他们在电子笼子里被打晕并释放，你就不会感到任何刺痛。”

Numero Cuatro 回答道：“没错，但一旦他们被释放，他们会忘记一切，无法泄露我们的秘密。”

Numero Uno 说：“不要太确定。弗朗西斯科记得在他被我控制期间发生的一切。

现在恶魔美洲虎开口说道：“弗朗西斯科是一个罕见的例外。他的妻子和儿子像他一样，这未免也太巧合了。现在我感觉这些孩子是无辜的，而弗朗西斯科是唯一能向那只猴子提供信息的人。无论如何，他不能透露太多关于南美的事情。我们并没有真正失去太多。那只猴子将不得不永久地把那些人关在一个电子笼子里。他知道，一旦他们走出笼子，我会察觉到，并且只需几分钟就能找到并抓住他们。他将不得不浪费时间和精力来确保他们的安全。

第九章 - 喜马拉雅山洞

黑猩猩在喜马拉雅山的一座大山洞里。外面的群山和山谷被厚厚的积雪覆盖，天气异常寒冷。洞穴里光线充足，温暖舒适。它储备了充足的食物和其他必需品，如手电筒、分隔围栏内的睡眠舱，以及食物和水。它甚至有一个带冰柜和冰箱的小厨房。五个朋友、弗朗西斯科和他的家人坐在凳子上或站在黑猩猩面前。他已经为解救这五个朋友准备好了洞穴，并不打算容纳额外的人。

黑猩猩首先救了五个朋友和弗朗西斯科，并把他们互相介绍，然后又救了弗朗西斯科的家人。现在他正饶有兴趣地听他们讲述故事。首先，亨利谈到了他们的被捕和监禁。然后，弗朗西斯科讲述了他的故事，这个故事相当长且引人入胜。然后迪亚斯夫人和她的儿子们讲述了他们的故事。弗朗西斯科和他的家人对他们的获救心存感激，并不断表示他们愿意做任何事情来帮助黑猩猩拯救世界。

猩猩说："你千万不要走出洞穴。我已将其封闭在一个电子屏障中。如果你走到外面，恶魔美洲虎会在几分钟内检测到你的位置，并派人来杀死或绑架你。

这在五个朋友和迪亚斯家族中引起了震惊。他们都感到非常失望，并通过大声抗议来表达他们的沮丧。玛丽大声说道："我本来期待着把恶魔美洲虎和他的帮派赶出去，现在我们几乎成了这个洞穴里的囚犯。"这是我听过的最令人失望的事情。"你就不能做点什么吗？"

弗朗西斯科的两个儿子说："我们本想报复那个怪物，但我们仍愿意尽一切努力帮助你拯救世界。"

其他人都表达了他们的感受。在让他们说完后，黑猩猩说道："我能理解你们的失望。我向你们保证，你们在未来的战斗中一定会以某种方式帮助我们取得胜利。

玛丽说："我希望你不是仅仅为了安慰我们才这么说。"我们因为被救而感到如此高兴和激动，以至于忘了感谢上帝和你。

黑猩猩回答："相信我，我能救你比你更高兴。如果你出了什么事，我永远都不会原谅自己。我想感谢弗朗西斯科的帮助。

亨利说："是的，我们也感谢你和他帮助拯救了我们。""他冒着自己的生命危险，也危及了家人的生命。"

弗朗西斯科说："我只是在纠正我犯下的一个严重错误，那就是让你被绑架。你必须感谢我的妻子和儿子们，是他们让我意识到了我所犯的错误。

迪亚斯夫人眼中含泪地回答："我们从活地狱中被解救出来了。"这恢复了我对上帝的信仰。我相信猩猩先生会找到办法从这些恶魔手中拯救地球。

这对每个人都产生了清醒的影响。黑猩猩说："现在我会离开，让你们更好地互相了解。"我想亲自把这个好消息告诉总统和将军。我也想为迪亚斯家族建一个洞穴。

之后，黑猩猩逐渐消失了。玛丽说："我相信他会找到办法让我们出去与敌人作战。"现在让我们吃点东西喝点东西吧，因为我相信罗伯特一定又饿又渴。甚至在她还没说完这句话之前，罗伯特就已经动身去找食物了。其他人都跟着他。

黑猩猩以思维的速度飞速前往美国。他正在前者的安全地点与总统和将军交谈。他向他们传达了营救的消息，并解释了弗朗西斯科所扮演的角色。两人听到这个消息时既感到宽慰又高兴，但对孩子们必须留在洞穴里感到失望。他们很高兴弗朗西斯科和他的家人能够提供许多关于敌人的有用信息。

总统说：“你们会很高兴得知，所有七名失踪的敌军士兵都已找到。”一个人在幽灵谷被杀，我们现在已经找到了他的尸体。其他人失忆了，被我们的警察带走了。“美国以外的另外五个人也已被找到。”

威尔逊将军说：“我们的科学家进行了神经毒气和催泪瓦斯的测试和实验，还使用了会产生冲击波的炸弹和引发音爆的小型装置。”这些在没有强风的开阔平地上对敌人充其量只能部分有效。我们还进行了测试，使用安装在遥控无人机上的射线枪射击地面上的移动目标。“我们取得了不错的成功，但敌人也可以用他们的重型武器击落我们的无人机。”

总统谈到了关于这种无法被射线穿透的材料的研究。科学家开发了一种材料，但只能以非常小的数量生产。

他说：“如果我们现在尝试大规模入侵南美，我们将损失太多人，而且没有胜利的保证。”他停顿了一下，补充道：“我为南美洲那些继续受苦的人们感到心痛。”在北美取得胜利后，我们曾希望在南美也能迅速而轻松地获胜。

黑猩猩说：“我需要一些食物、床和其他物品的补给，用于我将为迪亚斯一家使用的第二个洞穴。”

当他说话时，一张纸出现在他的手中。它有一个所需物品的清单。将军拍下了照片并将其转发给一名军官以便立即采取行动。

然后他说：“我已经命令他在未来给你提供你所需要的一切。”你只需要给他发送一个心灵感应信息，他就会给你你所需要的一切。

黑猩猩感谢了他，并说：“现在我将带上这些材料，在另一个洞穴里安顿迪亚斯一家。”稍后我会带他们过来，向你提供他们能提供的关于南美的信息。现在我不能使用孩子们，所以我会用你的士兵来攻击岛国，我有一个重要任务交给你。

“你说什么就会做到，”将军回答道。

黑猩猩说：“最重要的是，我希望你在夜间派遣小型无人机，绘制他们在委内瑞拉的海岸炮台和工厂的位置。”

“你不觉得由你来进行间谍活动会更容易吗？”总统询问道。“我之所以这样说，是因为我们没有配备夜视摄像头或雷达的无人机。”开发那种能力会花费太多时间。

“抱歉，自然法则不允许我告诉你这些信息，”黑猩猩回答道。“如果你发现了什么，我可以确认你的发现，并提供一些额外的信息。”

“大自然的法则让事情变得困难，”将军说。

“不，”黑猩猩回答道，“它们是为了确保你投入足够的努力，只有在那之后我才能添加一些东西，但我可以给你建议、指导和一些魔法力量。”在紧急情况下，我可以主动拯救那些与恶魔美洲虎战斗的人的生命！

然后他建议他们尽一切可能在不危及自己人员的情况下对敌人造成伤害。之后，他告别并逐渐消失。

第十章 - 黑猩猩感到不安

孩子们的获救让黑猩猩心中的重担得以解除，但他的喜悦转瞬即逝。他对迅速战胜敌人的希望已经破灭。他对北美部队无法进行大规模攻击以迅速击败恶魔美洲虎感到失望。他一直指望这五个朋友发挥重要作用，但现在他们已经无法行动了。看起来这场战斗会拖延很久，双方的许多士兵都会死去。南美人民的痛苦将会延长。他们中的许多人可能会遭受脑损伤并变得智力低下。这些想法让他感到不开心和不安。

他在喜马拉雅山又选了两个洞穴，并放置了食物和其他材料，使它们适合居住。弗朗西斯科和他的家人被转移到一个洞穴，他们向他提供了许多关于敌人及其在委内瑞拉工厂的信息。敌人拥有配备雷达的飞机和直升机，在南美洲的许多地区巡逻。

这些信息很有用，但事实仍然是快速胜利尚未出现。他觉得他必须为这五个孩子找一个替代者。这就是他储备第三个洞穴的原因。他担心培训新孩子会花很长时间。他仔细考虑了这个问题，并沉思了好几个小时。

突然，他有了一个绝妙的主意，并立即采取了行动。五个人的替代者必须是四个男孩和一个女孩，他们尽可能地匹配这五个朋友的个人特质。他们还必须是瑜伽专家，能够长时间控制自己的思想和思维。还有什么地方比印度更适合找到这样的孩子呢。

他以极快的速度在整个印度寻找这样的孩子。他通过互联网、社交媒体和新闻媒体进行搜索，并筛选出十个符合他目的的孩子。他会为每个孩子准备一个替补，以防首选的孩子拒绝参战。

现在是困难的部分。如何接触他首选的孩子们？他选择了来自钦奈的罗汉·马哈德万作为替代亨利的第一人选。一天晚上，罗汉正在熟睡时，猩猩在梦中出现，告诉他关于外星入侵者的事情，以及五个朋友在幽灵谷与敌人作战的故事，还提到了在整个北美围捕敌军士兵的情况。他请求罗汉帮助他对抗敌人。第二天早上，罗汉醒来，记得梦中的每一个细节，就好像它真的发生过一样。他感到非常困惑。

那天晚上，晚饭后他在房间里，猩猩在房间周围制造了一个隔音屏障，然后进入房间并关上了门。罗汉听到门吱吱作响，转过身来。他看到一张空白的纸。然后一个男人的图像出现在上面。那个人有点像黑猩猩。然后图像变成了一个真人。这让罗汉既惊讶又害怕，他惊呆得动弹不得。他的大黑猫，Shaitan，从床底下钻出来，用爪子攻击入侵者。这对入侵者没有影响，他说："罗汉，不要害怕，我是朋友。"我昨晚出现在你的梦里。我希望得到你的帮助，这样我们就能打败入侵地球的邪恶外星人。

在猛烈攻击之后，Shaitan 冷静下来，友好地发出呼噜声。黑猩猩把他抱了起来。罗汉感到放心，问道："你是谁？"你是怎么进我们家的？你是魔术师还是催眠师？

黑猩猩回答："我是来帮助地球的善良精灵。"你的猫明白我是一个朋友。我将引导人类，以便他们能够对抗邪恶的入侵者并将其消灭。我是你的朋友。你可以叫我猩猩。

罗汉说："我听说过那些邪恶的入侵者。我知道北美国家的军队打败了他们并俘虏了许多人，但他们仍然控制着南美。我不知道有什么好的灵魂来到地球，尽管我昨晚梦见了它。

黑猩猩回答："是的，我昨晚出现在你的梦里。"我可以稍后回答你所有的问题。现在，我需要你的帮助来招募四个孩子，他们将加入你并组成一个团队来对抗外星人。

罗汉回答："为什么不寻求印度军队的帮助？"毕竟，在北美，军队是与敌人作战的？

黑猩猩回答说："你可能觉得难以置信，但主要的战斗是由五个美国孩子在美国军队的一点帮助下赢得的。"后来，北美军队搜寻敌军士兵并将他们俘虏。为了保护孩子们不受敌人的伤害，他们的角色被故意保密。不幸的是，敌人发现了他们。所以，我不得不把它们藏在一个秘密的地方，以保护它们免受拥有魔法力量的敌人的伤害。"现在我需要替换那些美国孩子，因为敌人很容易追踪到他们。"

"为什么不用美国孩子替换他们呢？"是接下来的问题。

黑猩猩反驳道："如果美国的孩子可以更早地带头战斗，那么印度的孩子为什么要害怕战斗呢？"

这听起来像是对罗汉的挑战，他回答说："我不害怕。"我就是不明白我们怎么能对抗如此强大的入侵者。

黑猩猩回答："我训练了美国的孩子们。"我赋予了他们魔法力量和武器，并且作为他们的守护天使保护他们。我也会为你做同样的事。北美军队也帮助了他们。你将得到世界上许多军队的帮助，最后但同样重要的是，我对你的能力充满信心。然而，我必须警告你，我不能提供百分之百的保护。"有受伤甚至死亡的危险。"

罗汉被黑猩猩所说的话震惊了。他回答说："我愿意做任何必要的事情来打败敌人，但在我做出承诺之前，我必须征求父母的意见。"

黑猩猩回答："你不能告诉你的父母。"敌人监视着世界上许多成年人的思想。如果你的父母知道你在与敌人作斗争，他们可能会监控他们的想法并发现。"然后他们可以抓住你，甚至杀死你或你的父母。"

罗汉明白并同意对他的父母保密。黑猩猩说："印度总理承诺将提供所需的一切帮助。"他将很快通知你的父母，你已被选中参加一个培训课程，并获得在斋浦尔的一家计算机学院的奖学金。这将解决你不在家和学校的问题。学院将允许你自由进出，这样你就可以自由地与入侵者作战。

罗汉回答："你计划和解释得非常好。"还有一个问题。沙伊坦必须和我一起去。如果他每天看不到我，他会整夜嚎叫。

黑猩猩说："好的。他可能会来。谁知道他可能在战争期间帮助我们呢？其他四个孩子分别是加尔各答的维克拉姆·阿迪提亚·萨卡尔，莫哈里的里图·考尔·辛格，莫的维奈·坎特和安克莱什瓦的特贾斯·普拉塔普。今晚，你和我将出现在他们的梦中，解释与外星人作战的情况，并请求他们的帮助。明天，我们将与他们会面，并说服他们加入这个事业。

第二天下午，黑猩猩和罗汉一起飞往加尔各答。不久之后，他们就赢得了维克拉姆的支持。然后三人一起去见维奈·坎特，并招募了他。后来，Ritu 和 Tejas 也被招募了。

罗汉说："你们从印度的不同地区挑选了我们，我们都有不同的母语。"

黑猩猩回答说："语言不会是个问题，因为我们都能流利地说英语。"我尽力挑选了最优秀的人才。这纯属巧合，你们都来自不同的地区，说着不同的语言。

维克拉姆说："我们会尽力与罗汉作为我们的领导一起合作。"

其他人热情地点了点头。

黑猩猩说："太棒了！明天，来自斋浦尔学院的录取通知书和火车票将被送到你们家中。第二天，你的父母会带你去火车站上车。在路上，我会带你去斋浦尔，你将完成入学的书面手续并领取你的宿舍房间。第二天，我将带你去一个喜马拉雅山的洞穴，那将是你对抗外星人的基地。在那里我会向你解释一切。"我会不时带你去斋浦尔学院，这样你就可以让大家感受到你的存在。"

一切都如猩猩所预料的那样发生了，几天后，猩猩和孩子们就在喜马拉雅山的洞穴里。他讲述了关于恶魔美洲虎和他的助手们以及他自己的事情，并从他到达地球的那一天起一直讲到他开始招募他们的那一天。这个故事相当长，所以他只讲了主要事实，并说他们稍后会了解细节。他告诉他们不应该走出洞穴，并解释说洞穴被一个电子屏障封闭。然后他说："现在我会把你们留在这里，这样你们可以互相熟悉一下。"明天我会在你吃完早餐后过来，带你去见你将要替代的美国孩子。

然后他逐渐消失了。孩子们开始互相交谈，一直聊到深夜。最后，丽图说："我又饿又困。"让我们吃晚饭吧。

其他人同意了她的意见，然后开始加热预煮好的饭菜。谈话在他们用餐时继续进行。

Vinay 说："我也很饿。"我们聊得太投入了，以至于我忘了自己饿了。

罗汉说："经过这次长谈，我开始觉得我们已经认识很久了。"

维克拉姆说："我也有同感。"我很想见见美国人，特别是那个我将要替代的人。我会问他很多问题。

特贾斯说："这正是我想说的。"我担心我可能不够好，无法取代他。

Vinay 说："我相信我们其他人也有同样的疑问。"无论如何，我信任这只黑猩猩。"如果他认为我们足够好，那么他一定是对的。"

丽图说："他看起来很滑稽，但说话很真诚，而且很聪明。"我可以把生命托付给他。很晚了。让我们现在睡吧。

灯被关掉了。孩子们在激动人心的一天后渐渐入睡。不久，洞穴中唯一的声音就是平和的鼾声。

第十一章 - 印第安人与美国人会面

第二天早上，罗汉和其他人早早醒来，并迅速做好准备，因为他们急于见到美国人。与此同时，亨利和他的朋友们同样渴望见到印第安人。不久，黑猩猩来了，把印第安人带去见美国人。他把他们互相介绍说："这是罗汉，他将取代亨利并领导印度人，所以这两个人是合作伙伴。"维克拉姆将成为约翰的搭档，维奈将与迭戈搭档，特贾斯将与罗伯特搭档。"猜猜谁会成为玛丽的搭档是没有意义的。"

他的笑话让孩子们大声笑了起来，这打破了印度人和美国人之间的隔阂。然后他继续说道："我希望每个人都和他们的伙伴握手，并互相认识。"

在这个礼节结束后，他补充道："现在我会留你们在一起几个小时，以便更好地了解彼此，美国人可以告诉印度人关于敌人和他们的冒险经历。"我必须带领士兵去攻击岛上的敌人。我会在几个小时后回来，然后你将进行一个精神仪式。

然后他慢慢消失了。孩子们不禁想知道这个仪式可能是什么。然后他们开始互相交谈。不久，洞穴里回荡着他们兴奋的喋喋不休。美国人讲述了他们的冒险经历，印第安人经常打断他们提问。很快，喧闹声达到了鱼市的水平，没人能听懂任何东西。

亨利大声地说："嘘。"

洞穴变得完全寂静。然后他继续说道："让我们和我们的伙伴成对坐下，小声交谈，以免打扰到其他人。"

罗汉说：“你做得非常好。”我们想尽可能多地学习。我们不想让团队失望。“我指的是我们十个人的团队。”

接下来的几个小时里，他们成对坐着，轻声交谈。十二点过后不久，他们吃了午饭，然后像之前一样继续，直到黑猩猩回来。到那时，印第安人已经从美国人那里学到了很多。他们也成了亲密的朋友，几乎就像他们一辈子都认识一样。

黑猩猩看起来很高兴，说：“我能看出你们关系很好。”士兵们也度过了愉快的一天。他们打倒的敌人比上次更多。这给 Numero Duo 带来了很大的痛苦，他在地上打滚。我会给你看录音。

孩子们立刻看到 Numero Duo 在地上打滚，痛苦地尖叫。他们都大声笑了，尤其是那些第一次看到这种景象的印度人。

Ritu 说：“这样看到敌人减少了我的恐惧，增强了我的信心。”

黑猩猩说：“那很好。”我们不应该过于害怕敌人，但也不能低估他。现在我们将开始神圣的仪式。

他在地板上铺开了一条长地毯，让他们盘腿坐成两排，印第安人和美国人坐在相对的平行排中，面对他们的伙伴。然后他说：“交叉你的手臂，握住你伙伴的手——右手握住伙伴的右手，左手握住左手，就像在进行双手握手一样。”现在闭上你的眼睛，清空你的思绪，继续深呼吸，直到我告诉你停止。完成这个仪式至少需要一个小时。“请务必严格遵循我的指示，否则可能会花更长时间。”

孩子们做了他让他们做的事情。印第安人盘腿坐了这么久，感到有些不适，但对美国人来说则相当不舒服。一个多小时里，唯一的声音是深沉的呼吸声。他们仿佛处于一种恍惚状态。最后，在他们看来像是过了一个世纪之后，黑猩猩让他们停下来。他们睁开了眼睛，松开了彼此的手，但仍然坐着，因为他们太累了，无法站起来。他们的身体似乎已经被抽干了所有的能量。

罗汉说："我感到筋疲力尽，就像我整整一天都在做繁重的劳动一样。"我就是没有精力起床。我们的美国朋友一定更累，因为他们不习惯这样坐着。

丽图也说："这是一种不同类型的疲惫。"我感觉自己好像在漫长的旅途中走了好几英里。

其他人也说了类似的话。黑猩猩回答道："这意味着仪式已经成功了。"

玛丽问："这个仪式的目的是什么。"

黑猩猩回答："你因为这个仪式而感到疲惫，将会沉睡不醒。"美国人将无梦而眠，而印度人将会做很多梦。明天你将获得今天仪式的好处。

黑猩猩把印度孩子带回了他们的洞穴，然后去拜访迪亚斯一家，并告诉他们他找到了五个印度孩子来代替美国人。弗朗西斯科感到高兴和宽慰，说："这将弥补我造成的一些伤害。"我们都希望这些孩子能帮助赢得战争，并迅速将外星人赶出地球。

黑猩猩问他们是否感到舒适，以及是否需要什么。当他们说一切都好的时候，他开始提出问题。

他对迪亚斯夫人说："你和你的孩子们曾被恶魔美洲虎控制，然后被转移到Numero。"

Cuatro 并转移到委内瑞拉的一家工厂。尽管如此，你们三个人仍然可以独立思考和行动，就好像不受他的控制一样。这真是太令人惊讶了。你建议你的丈夫采取行动对付他们，以解救孩子们。你怎么能这样做？"在他们控制下的人无法背叛他们。"

迪亚斯夫人回答："当我还是个孩子的时候，有一个善良的精灵住在我父母家附近。"我们从未见过它，但能感受到它的存在。我的父母常说那是我们的守护灵。你可能不相信，但每当我遇到问题时，我都会寻求它的指导。它曾经给我心灵感应的建议。后来，在我们委内瑞拉的家附近又出现了一个善良的灵魂。我和我的孩子们多次向它寻求建议，它也给予了回应。我认为这两个灵魂给了我们保护，使我们不受他们的控制。

黑猩猩回答："我当然相信你！"即使你看到我是一个有形的存在，我也是一个灵魂。这是我在地球上时得到的虚拟身体。地球上有许多善良和邪恶的灵魂。现在告诉我敌方工厂及其位置。

大儿子回答："他们有三家工厂。"我认为所有人都在委内瑞拉。早些时候，他们在秘鲁有一个，但已经关闭了。他们制造多种类型的射线枪、天线、用于心灵感应和心灵控制波的广播设备以及思想读取设备。他们还制造一些雷达控制的枪支、夜视镜和望远镜瞄准器。所有工厂都在圣费尔南多以北几公里处。其他人也在更北边几英里处。我们的工厂有配备雷达制导炮的瞭望塔，可以击落飞机。警卫们配备了带有夜视镜的射线枪。“有时候，野生动物在晚上靠近我们的工厂，警卫就会射击它们。”

小儿子补充道：“除了善良的灵魂，我们工厂附近还有一个邪恶的灵魂。”

弗朗西斯科也开口说道：“这让我想起了。在幽灵谷有一个善良的灵魂帮助孩子们，还有一个邪恶的灵魂帮助我们。我之前已经告诉过你剩下的部分。如果您有任何其他问题，我们将很乐意回答。

黑猩猩说：“我想知道你是如何记住在你被 Numero Uno 控制时发生的一切，而其他人却什么都不记得的。”

弗朗西斯科回答：“我和大多数人很不一样。”自从我还是个小孩时，我就有这种感觉。那可能是原因。此外，同样保护我家人的灵魂也可能保护了我。我真的不知道哪个才是正确的原因。

黑猩猩说：“感谢你们告诉我的一切。我们会再次咨询您。我们在北美捕获了许多射线枪，但没有一把配有夜视望远镜。我们没有用于射击飞机的重型射线枪。也许我们应该尝试捕捉一些。“你们工厂制造这种枪吗？”

长子回答：“它制造夜视射线枪和其他物品。每周，恶魔美洲虎都会过来祝福它们，然后再投入使用。没有他的祝福，任何设备都无法运作。在他的祝福之后，所有东西都存放在靠近主入口的仓库中，并不时用卡车运出。“那是你应该偷设备的正确地方。”

之后，黑猩猩告别了他们，渐渐消失不见。晚上， 美国人和印度人在各自的洞穴中沉沉入睡。美国人睡得好像卸下了沉重的负担。正如黑猩猩所预言的，印第安人在睡梦中做了很多梦。第二天早上，两组人都感到神清气爽。

维克拉姆说：“我做了很多梦，所有的梦都和约翰告诉我的事情有关。”我看到了他所经历的一切。我甚至感受到了他所感受到的痛苦、恐惧和兴奋。

其他孩子也有与他们的美国伙伴告诉他们有关的梦想。

“真巧，我们每个人都梦到了伴侣告诉我们的事情，”丽图说。“令人惊讶的是，我的梦非常清晰，仿佛我就在现场。”

罗汉说：“所有五个梦不可能只是巧合地相似。”这是昨天神圣仪式的结果。这是黑猩猩的方法，让我们以与我们的伙伴相同的方式看到和体验所有事件的发生。

其他人同意了他的看法。就在那一刻，黑猩猩以他惯常的方式出现在洞穴中，并说道：“我无意中听到了你们关于梦想的谈话。”这意味着昨天的神圣仪式超出了我的预期。你认为你看到了他们所看到的。实际上，发生了更多的事情。他们的知识和经验已经传授给你。就好像你也获得了他们的知识，并经历了他们所经历的那些相同的体验。在一个晚上，你学到了并体验了他们花了好几个月才做到的事情。“你一定感到更加成熟和自信。”

孩子们都同意他的看法。Ritu 甚至说：“你让我感觉像一个久经沙场的老兵。”你真是个魔术师。

黑猩猩高兴地笑了。赞美总是让他感到快乐。然后他说了一些更让孩子们惊讶的话：“现在，我将赋予你们隐身的能力。”

罗汉说：“我简直不敢相信我听到的！”在一天之内，我们获得了很多。你真的是一个超级魔术师。

玛丽开口说道：“那太好了，但你为什么没有把这种力量给我们呢？”

黑猩猩回答：“你记得我告诉过你要练习瑜伽，然后会有一个惊喜礼物等着。”这本来是要送给你的礼物。

亨利问他：“你是什么意思？”瑜伽与隐形之间有什么联系？

黑猩猩说：“在幽灵谷战役中打败敌人时，你已经积累了很多经验。”那段经历加上对瑜伽的良好知识和技能本可以让你具备隐身的资格。不幸的是，你在掌握瑜伽之前就被绑架了。“我责怪自己没有早点让你练习瑜伽。”

罗汉回答：“我明白你选择我们是因为我们在瑜伽心灵控制技术方面很有技巧，并将他们的知识和经验传授给了我们。”这使我们有资格获得隐身能力，因此我们正在获得这种力量。

黑猩猩说：“那是正确的，但有一些限制。你可以连续保持隐形十到十五分钟，每天只能两到三次，这取决于你对隐形的专注程度。你们可以看到彼此。雷达可以探测并定位你。恶魔美洲虎可以在你距离他大约三十英尺时感知到你的存在，但无法准确定位你的位置。

然后他带印第安人去见迪亚斯一家，并互相介绍。他让迪亚斯一家告诉孩子们关于敌人的事情。他说他很快就会回来，然后去见了总统和将军。他很想告诉他们他在将亨利和他的朋友们的知识和经验传授给印度人方面取得的成功。总统和将军对这一进展感到惊讶。

总统说："这是你能给我们的最好消息。"

将军也热情地点了点头，说："现在我们将修改计划，以考虑这些孩子将扮演的角色。""你为什么之前没有告诉我们，你会为孩子们找替代者并用魔法训练他们。"

黑猩猩说："如你所知，很多时候大自然的法则不允许我透露我的计划。其次，我不确定是否可以替换孩子们并转移这种经验。现在我有一个更大的惊喜给你。另一个重要的优势是，我现在可以赋予他们隐身的能力。

这条信息让总统和将军感到震惊，他们倒吸了一口气，眨着眼睛难以置信。

"那真是令人震惊！"将军说。"我简直不敢相信我所听到的。你能重复一下你说的话吗？

黑猩猩回答："你没听错，但隐身有一些限制。"

然后他告诉他们关于这些限制。

即使有这些限制，拥有隐身能力仍然是一个巨大的优势。现在我们的胜利是确定的。“如果我们制定正确的计划并很好地执行，那么快速胜利是肯定的，”总统说。

“我们必须尽可能多地了解敌人的信息，以制定正确的计划，”将军说。“您会高兴地知道，我们在武器和战术方面的研究取得了一些进展。”

总统继续说道：“赋予这些孩子隐身的能力是一个天才之举。”“你为什么不给亨利和他的朋友们这些权力？”

黑猩猩向他们解释了自然法则不允许这样做。

总统说：“这些自然法则很复杂，不允许你有效地使用你的魔法力量。”

黑猩猩回答：“不幸的是，你说的有些道理，但这是我无能为力的事情。”你也受你所在世界物理法则的支配。你不能自己在空中飞行。随着时间的推移，你会变老、变弱，然后去世。自然法则允许我以思维的速度飞行和旅行。我有魔法力量，并且我是不朽的。因此，我无权抱怨自然法则。

总统和将军理解了他的理由，并点头表示同意。黑猩猩继续说道：“现在我必须走了。明天我会带弗朗西斯科和他的家人来这里，这样他们就能告诉你他们所知道的关于敌人的一切。第二天，我会带罗汉和他的朋友们过来，你们可以制定对抗敌人的最终行动计划。

之后，这只黑猩猩逐渐消失了。

第十二章 - 敌人的秘密会议

北美的失败极大地打乱了恶魔美洲虎的计划。它迫使他改变了策略。他一直指望着控制北美及其庞大的人口和武器。他想增加信徒的数量，以便能够收集更多的精神能量。更糟糕的是，他确信被缴获的射线枪会被转移到其他国家，并用来对付他的人。征服非洲和欧洲将需要很长时间。因此，他要求 Numero Duo 专注于征服桑给巴尔、斯里兰卡、毛里求斯、巴布亚新几内亚、澳大利亚、新西兰和印度尼西亚的岛屿。同样，Numero Tres 被要求占领台湾、日本列岛和菲律宾。他觉得这些小岛可以很快被征服，并且容易防守。澳大利亚面积很大，但由于人口稀少，可能很容易被征服。

不幸的是，命运并没有眷顾他。美国人正在对南美洲北部海岸的大型射线炮阵地进行一些攻击。他的一些运载货物前往非洲、欧洲和其他地方的船只被小型美国潜艇击沉。他感到恼火并有些担心。他并没有对抓住这五个朋友给予太多重视，因为他并不相信他们曾在幽灵谷与 Numero Uno 的士兵作战。当弗朗西斯科和他的家人消失得无影无踪时，他感到不安，因为他们会向敌人揭露他的秘密。更重要的是，他意识到猩猩和他的追随者对他的活动了解很多，而他和他的助手对敌人的计划知之甚少。他决定召集他的助手们进行一次秘密会议，会议将在阿根廷他的总部附近的一个洞穴中举行，该洞穴由电子屏障保护，以防猩猩得知讨论的内容。

在会议开始时，恶魔美洲虎说：“你们一定猜到了我为什么要在完全保密的情况下召开这次会议。”我确信那个无赖猴子已经闯入了我们的通信网络并监视我们。他对我们的计划了如指掌，而我们对他的计划一无所知。

Numero Cuatro 抗议道："但是老板，我每天都更换我们的通讯密码。"我们的网络是安全的。"

Numero Duo 反驳道："南美的通讯可能是安全的，但外面的通讯却不是。"我很确定非洲内部以及非洲与其他地方之间的安全性都不高。敌人知道我选定的领导人。长期以来，他们一直在打击我的领导者。这减缓了我的进展。否则，我可能已经征服了非洲。现在他们开始射杀我在桑给巴尔、斯里兰卡和其他岛屿上选出的领导人。这让我非常痛苦，当我恢复并到达那个地方时，他们已经不在那里了。它们在空中飞翔，看起来像鹰，然后俯冲下来射击几个人后飞走。我命令我的人射击看起来可疑的鹰，但他们射中了几只真正的鹰。

肯尼亚的野生动物管理员甚至逮捕了我的几名手下。幸运的是，他们把射线枪藏了起来，当局没有怀疑他们是我的人。最糟糕的是，美国人已经将我们缴获的一些射线枪送到了某些国家。他们已经开始用这些来识别并围捕我们的人。他们经常检查人们以检测光环。我已命令我的人远离检查站。现在他们不能自由行动去寻找那些容易被控制思想的人。这使得更难控制更多的人。之后，这位 Numero Tres 提出了类似的投诉。

然后，Numero Cuatro 开始谈论他的问题："美国人正在攻击委内瑞拉的沿海地区和我们的船只。他们乘坐潜艇，在黎明前登陆偏远的海滩，秘密前行，在白天攻击我们的炮台。他们打倒了我的一些人。他们还袭击了我们的一些船只，这些船只正在运送物资到欧洲、非洲和远东。我的两艘船被击沉，当船员们乘坐救生艇时，他们用我们被夺走的射线枪射击他们。三艘船受损，我不得不派遣替代船只。从那时起，我就在船上安装了声呐，以探测敌方潜艇，这样当它们上浮准备发射鱼雷时，船员们就可以用重型射线枪和深水炸弹将其摧毁！

Numero Uno 开口说道："我希望那些孩子没有逃走。"那么我们就可以找出他们是如何知道我们的秘密的。我们本来也可以发现他们的计划。

这时，Cuatro 开口说道："老板，如果你让我审问那些孩子，我几分钟内就能把他们所有的秘密都挖出来。"

恶魔美洲虎的沮丧和愤怒逐步增加。第一步是当 Numero Duo 谈论他的问题时。在听到特雷斯的问题时，它加倍了，当乌诺说话时，它又加倍了。当 Cuatro 说话时，情绪爆发了："我多么希望能抓住那只可恶的猴子。"我会掐住他的脖子，或者更好的是吸出他的脑子，然后找个剥制师把他的身体做成一个填充的黑猩猩。

Numero Uno 反驳道："但是老板，这不可能，他是不朽的。"恶魔美洲虎像火山一样爆发。如果他们不在电子笼子里，他的声音会传到几英里之外。他怒吼道："乌诺，你这个白痴！你敢告诉我什么是可能的，什么是不可能的吗？我比你了解得多。下次如果你惹恼我，我们走的时候我会把你留在这个星球上。很快你将失去所有的力量，这些人会抓住你。他们可能会把你放在玻璃柜里，展示在博物馆中。"这将是对他们在美国打败我们并夺走我们如此多射线枪的最好惩罚。"

Numero Uno 在他面前鞠躬说道："原谅我，老板。我是您忠实的仆人。我无意惹恼你。我在北美一直表现不错，但突然我们的运气发生了变化。没有人能预料到幽灵谷发生的事情。

恶魔美洲虎被乌诺的道歉平息了，说："我们必须对落入敌人手中的射线枪采取措施。"其次，我们必须获取更多关于敌人活动的情报。第三，我们必须通过在我们的网络上发送虚假信息来误导敌人。真正的信息应该口头传达。

Numero Uno 回答："我们会完全按照你说的去做。"我将帮助 Cuatro 准备假消息。"我们会让敌人徒劳无功。"

"很好，"美洲虎恶魔说，"你和 Cuatro 应该飞越北美，试着找到被捕获的射线枪。"

Numero Tres 开口说道："老板，目前我们在北美的股份较少。我们的问题是，他们正在使用射线枪来侦测和消灭我们在非洲、欧洲及其他国家的人员。

恶魔美洲虎回答："是的，这是个好主意，但美国的枪支也必须被销毁，因为敌人会向其他地区运送更多的枪支。"你和 Duo 应该尝试摧毁或捕获你们区域内的敌人射线枪。Uno 和 Cuatro 必须在北美做同样的事情。首先进行侦察，找出他们把射线枪藏在哪里。然后在一个晚上对所有这些地方进行突袭，尽可能回收或销毁所有射线枪。这样你就会让他们感到意外。"你回收或销毁的枪支越多，击败敌人就越容易。"

他的助手们点头表示同意。他接着说："多多，你有可能占领非洲的一些国家或一些岛屿吗？"

多回答说："我在任何地方都没有足够的人手。如果我把所有人都调到东非，我可以占领肯尼亚、乌干达和坦桑尼亚。当然，调动这些人并不容易。这件事必须秘密进行。如果我们消灭敌人的射线枪，事情会更容易。我需要特雷斯的帮助。

恶魔美洲虎说："现在多，你应该尽快占领那些地区。"一旦我们控制了几个国家，我们就可以逐个入侵附近的国家，并迅速占领它们。然后我可以开始从非洲国家提取能源。目前，我们消耗的精神能量比我从南美的追随者心中提取的要多。如果我们的储备变得太低，我们将不得不放弃这个星球。我们不能冒险永远被困在这个星球上。

Numero Tres 说：“老板，我们不能让那种事发生。我认为你的指示很清楚。我们都会尽力去做你想要的。

乌诺也补充道：“你给了我们最好的指导。”现在我们将扭转局势对付敌人。

恶魔美洲虎说：“很好。”现在会议结束了，你们必须回到你们的位置上。

即使在会议进行期间，黑猩猩也组织了一次对斯里兰卡的突袭，背上驮着三名士兵。在 Numero Duo 的控制下，他们击毙了不少敌军士兵。由于电子屏障的存在，他对针刺毫无感觉，因而保持着幸福的无知。黑猩猩也不知道恶魔美洲虎决定的会议和行动计划。

第十三章 - 印第安人行动起来

五位印度朋友在很短的时间内获得了许多知识和许多魔法力量。他们正在努力接受这一点。他们一有空就尝试在洞穴里练习射击、隐身和飞行。对于 Shaitan 来说，看着某人消失或飞来飞去是令人不安的。他反应强烈。他的毛会竖起来，胡须会变得僵硬，尾巴会开始抽动，他会弓起背部并发出响亮的嘶嘶声。他看起来相当凶狠。当孩子们没有胡闹时，他对五个孩子都很友好。他几乎像狗一样表现，并且喜欢被挠头。当黑猩猩带走孩子们时，他感到孤独，并花时间探索洞穴的每一个角落。当他对那感到厌倦时，他会用非常锋利的爪子抓家具。

Ritu 说道："很快黑猩猩就得为我们买新家具了。"

黑猩猩一直带孩子们出去进行射击和飞行练习，并与总统、将军、弗朗西斯科和他的家人以及亨利和他的朋友们见面。他还训练了一些美国士兵，并带他们去攻击敌人。由于敌军士兵主要在白天隐藏起来，越来越难找到他们。许多敌人已经进入森林，在那里搭建了临时庇护所。黑猩猩带着罗汉和他的朋友们前往菲律宾群岛中的卡坦端内斯、布西兰和宿务岛，去猎杀和射击敌军士兵。孩子们隐身了，花了很多时间试图追捕敌人，但只发现了几个，并用他们的射线枪解救了这些人。敌人面临困难，因为他们在白天没有太多的行动自由。

罗汉和他的朋友们已经破解了敌人网络中的秘密信息。这些让他们认为敌人现在处于防御状态，并且没有计划发动重大攻击或占领任何国家。黑猩猩安排了所有孩子、弗朗西斯科和他的家人与总统和将军的会面。他采取了预防措施，用电子笼子运送它们，以避免被敌人发现。

在第一次见面时，罗汉和他的朋友们对美国总统和将军感到敬畏。这两个人理解了情况，并通过他们友好和随意的行为让孩子们感到放松。每个人在会议上发言，并提出了他们的建议或问题。弗朗西斯科和家人提供了有关南美敌人的更多信息。迪亚兹夫人讲述了巨大的幽灵黑猫的传说，以及工厂守卫们是如何感到害怕的。罗汉和他的朋友主要在听，只是偶尔提问。黑猩猩担任主持人，主要在有人说错话时纠正他们，并补充他人所说的信息。现在每个人对情况都有了更好的理解。在这个阶段，黑猩猩带着亨利和他的朋友们以及弗朗西斯科和他的家人回到了他们的洞穴。

过了一会儿，总统说："敌人处于防守状态，我们占据了上风。"每天，我们向更多的国家发送更多的射线枪，并派遣我们的士兵去那里训练他们的人如何侦测和解放敌人。他们正在使用伸缩站点设置检查点。这使得敌军士兵在白天难以不被发现地移动。很快会有越来越多的国家被覆盖。

将军说："我们的科学家制造了一些可以由我们人员远程控制的实验无人机。"这些人还可以远程瞄准枪支并向敌人射击。这些正在由我们的人测试，以锯齿形方式飞行以躲避敌人的射击，同时仍能向敌人开火。电子控制系统和视觉系统相当复杂且难以生产。我们希望很快能准备好一打无人机。我们还生产了大量可以携带催泪瓦斯、神经毒气罐以及声波炸弹的无人机。这些无人机将由高速火箭携带，并在敌人附近释放。它们将被远程控制，并能够准确投放炸弹和罐子。所有这些无人机的操作范围都很小，因此很难回收。基本上它们是一次性使用的。

总统问："防射线枪夹克怎么样？"

将军回答："这些更难生产，因为制造这种材料非常困难。"到目前为止，我们的科学家已经制造了四个，并且经过测试，发现它们对小型射线枪的效果达到了百分之百。

总统再次发言："我认为我们还没有准备好在南美通过一次迅速的行动击败敌人。""你们男孩们怎么看？"

罗汉回答："我和我的朋友们必须先去南美洲，侦察恶魔美洲虎的工厂和礼拜场所。"了解它们的确切位置和布局是很重要的。我们将是隐形的，所以我们可以在白天进行。这些信息将帮助我们最终确定击败敌人的计划。如果我们摧毁他们的工厂，削弱他们的工人，并攻击他们的精神能量收集中心。"这样他们就无法攻击或占领新的国家。"

"你说的正是我所想的，"将军说，"我们必须通过在亚洲的岛屿上攻击敌人来隐藏我们的真实意图，这样他们就不确定我们接下来会在哪里发动攻击。"希望当我们获得更多关于南美的信息，并拥有更多无人机、火箭和防护服时，我们将在南美发动果断的攻击。这应该会迫使恶魔美洲虎和他的团伙逃离地球！

总统回应道："你说得对。"每天我们的力量会增强，而敌人会变得更弱，因为他们的人无法自由行动。现在我希望每个孩子都提出他的建议。说出你想到的任何事情。

罗汉说："丽图你先，然后是特贾斯、维克拉姆和维奈，最后我来总结。"

丽图说："当我们在南美洲进行侦察时，应该有人转移恶魔美洲虎和他的四个助手的注意力。"

特贾斯说："她是对的。"我们三个人应该负责间谍工作，而另外两个人应该射击恶魔美洲虎的人和四号的人，以牵制这两伙人。

现在维克拉姆说："将军的人必须在非洲和欧洲发动攻击，以牵制 Numero Duo 和 Tres。他们更可能在这些地方找到更多目标，而不是在岛屿上。

轮到罗汉总结他们所说的话，但他还没开口，黑猩猩就插话道："恶魔美洲虎非常强悍。射击他的追随者会让他感到痛苦，但不会使他失去行动能力。他只需两分钟就能找到那个地方并到达那里。如果你试图通过射击他的手下来制服 Numero Cuatro，那么如果 Numero Uno 在他附近，这可能是无用的。他会花几分钟找到你的位置，然后立刻赶到那里。

罗汉问："你是说我们在南美进行间谍活动时只能依靠保密和隐身吗？"

"这正是我所建议的，"黑猩猩说。在有人视线范围内时，要小心保持隐身。还要小心避免被他们的雷达发现。我将带两队士兵在非洲和欧洲发动攻击。我还会带你们去南美洲，并在需要时带你们从一个地方到另一个地方。我将多次往返于非洲、欧洲和南美洲之间。

罗汉说："维奈和我将去布宜诺斯艾利斯寻找那些有活生生形象的礼拜场所。"我们每次可以隐身十到十五分钟，所以你可以在六个不同地点接送我们。我建议 Ritu、Vikram 和 Tejas 一起参观工厂，先在一个工厂待十分钟，然后再去下一个，最后再去最后一个。

总统说："我批准这个计划。""我们什么时候开始？"

罗汉回答："今天就做。"

黑猩猩反对道："今天不行。我想在洞穴里为美国人和印度人举行一个简短的仪式。这将加强印度人从美国人那里获得的技能和知识。我们明天一早开始运营。

然后，他带着罗汉和他的朋友们去了美国人的洞穴进行仪式，这个仪式与之前的相似，但时间较短。那天晚上，罗汉和他的朋友们怀着技能得到了加强的自信想法睡得很好。

第二天早晨，黑猩猩带着三名美国士兵去了尼日利亚。那些人会拿着射线枪飞来飞去，看起来像老鹰。他们的任务是射击他们发现的任何敌军士兵，然后在特雷斯到达现场之前飞走。然后，他在巴黎又放下了三名士兵去射击敌人，之后他带着罗汉和维奈去了布宜诺斯艾利斯的两个不同地点，寻找有恶魔美洲虎活体图像的礼拜场所。接下来，他把里图、特贾斯和维克拉姆送到了委内瑞拉的一家工厂。现在是他访问尼日利亚并将士兵转移到刚果的时候了。然后他去了巴黎，把士兵转移到布鲁塞尔，然后再转移到南美洲，把孩子们转移到新的地方。他一直忙着带孩子们和士兵们到处奔走。

与此同时，将军派遣了一些士兵乘坐潜艇前往南美洲北部海岸，前往敌人海岸炮台附近的几个偏僻地点。他们的任务是悄悄接近炮台，击倒敌人，摧毁他们的火炮，并在 Numero Cuatro 和 Numero Uno 能够反应之前逃脱。其他潜艇被派往敌方港口附近巡逻，以便对任何冒险出港的敌方船只进行鱼雷攻击。

罗汉和维奈看到，许多恶魔美洲虎的活体影像在教堂里，而有些则在市场广场和公园等公共场所，人们可以在那里聚集祈祷，而这些活体影像会提取他们的精神能量。他们记录了位置，并拍摄了图像的照片。市场和公园里的那些被装饰精美的圆顶覆盖，圆顶由柱子支撑，以保护它们免受雨水侵袭。他们花了十到十二分钟拍照，从一个图像飞到另一个图像。当他们再也无法保持隐身时，他们就去了一些摩天大楼的屋顶躲藏，直到黑猩猩来把他们转移到新的地点。

与此同时，靠近敌方港口之一的潜艇发现一艘船正驶向公海。他们在没有引起任何怀疑的情况下跟踪了它，并发射了几枚鱼雷，击中了船只，船开始下沉。任务完成后，潜艇迅速离开，以免飞机赶到并投下深水炸弹。对于水手们来说，这是令人满意的一天。

被派去攻击四个炮台的士兵小组在四个不同的地方登陆。每个小组都有一个穿夹克的人，这件夹克可以保护他免受射线枪的伤害。他们向内陆移动，朝着炮台前进，受保护的人走在前面。四个小组进行了协调攻击，同时摧毁了炮台，并在敌人反应过来之前成功撤离。

黑猩猩去了第一家工厂接上里图、特贾斯和维奈，并带他们去了第二家工厂。他发现他们在离工厂不远的一些树荫下休息。他们需要一些时间才能再次变得隐形。

黑猩猩问：“你做得怎么样？”

里图回答：“非常好。”我们拍了他们工厂和殖民地的非常好的照片。“当我们在这里进攻时，这些将非常有用。”

特贾斯说："起初我担心他们的雷达可能会发现我们，但我们在雷达的盲区内进行机动，仍然设法找到了他们的制造车间和储存棚。"

黑猩猩说："干得好！现在我将带你去下一个工厂。然后我会去带士兵们到他们的新地点。

那天一切进展得相当顺利。非洲和欧洲的士兵们对他们已经消灭了一些敌军士兵感到满意。攻击岸炮的士兵、潜艇人员以及罗汉和维奈对他们所取得的成就都感到非常满意。甚至在第三家工厂完成间谍工作的 Ritu、Tejas 和 Vinay 正飞向一片森林以便隐蔽并现身时，他们听到了直升机飞行的声音。在他们来得及反应之前，直升机的雷达就探测到了他们的踪迹，因为他们飞得很近。如果他们相距很远，那么就会错过他们的踪迹。直升机的机枪自动瞄准了踪迹，炮手按下扳机，发射了一长串重型炮弹。

一颗子弹击中了特贾斯。它比普通射线枪的射击威力要强得多。他强大的免疫力救了他一命，但他失去了知觉。他的枪从手中掉落，他显现出来，像石头一样摔倒。幸运的是，他掉在了一棵树的柔软树枝上，并继续穿过树枝，直到落在一个灌木丛上，进一步缓冲了他的坠落。他花了一分钟才恢复意识，但他全身感觉像着了火一样。他想与黑猩猩进行心灵感应联系，但未能成功。

丽图和维克拉姆采取了规避行动，因为直升机正在向他们开火。他们俯冲向地面以躲避侦测并帮助特贾斯。他们设法在显露之前着陆，发现特贾斯躺在地上痛苦地呻吟。与此同时，飞行员瞥见特加斯坠落，便警告了工厂的警卫，他们带着警犬出来搜寻任何入侵者。直升机射手继续朝他看到特贾斯坠落的大致方向开火。这时，狗已经大声吠叫并冲向孩子们。丽图和维克拉姆看到了危险。他们迅速抓住特贾斯的手，带着他飞翔，停在了一棵树的枝头上。维克拉姆抓住特贾斯，而丽图开始向狗开枪，打倒了其中两只。这使得其他人转过身来，夹着尾巴大声尖叫着跑回去。警卫们也停下，趴在地上，开始朝树的方向开火。幸运的是，守卫和直升机的射击没有击中孩子们。

很快，特贾斯恢复得足以抓住树枝。维克拉姆可以开始拍摄了。他朝直升机连续射击。这击倒了炮手，飞行员加速逃向安全地带。现在，里图联系了黑猩猩并请求立即救援。

后者知道他们靠近第三个工厂，因此他迅速确定了他们的位置。他迅速赶到那里，取回了卡在树枝上的特贾斯的射线枪，抓住三个孩子，迅速前往总统的秘密藏身处。

特贾斯立即被送往一家军医院，医生检查后宣布他没有危险，也没有任何严重伤害，只是处于震惊和疼痛中。他需要药物和休息。医生坚持让他在医院待几天，以防他有任何后遗症。这是他们第一次遇到被重型射线枪击中的病人。然后，黑猩猩飞速前往布宜诺斯艾利斯，带回罗汉和维奈，之后他又接上了来自非洲和欧洲的士兵。

总统、将军和孩子们都对特哈斯感到非常不安和担忧。黑猩猩向他们保证他是安全的，只需要止痛药和休息，医生想让他在医院待几天，以观察可能的后遗症。

黑猩猩说：“直升机雷达探测到孩子们是纯粹的运气不好，偶然的一枪击中了他。”当然，情况本可能更糟。其他人也可能被击中；特贾斯可能直接摔倒在地。那肯定会要了他的命。他真的很幸运，逃过一劫，只受了几处轻微的擦伤。

他的话让大家感觉好多了，他们稍微放松了一些。总统说：“我很想了解今天的工作。”让我们从将军开始。

“我对今天的结果非常满意，”将军说。“我们的士兵摧毁了他们的四个重炮阵地，我们的潜艇用鱼雷击中了他们的一艘船，那艘船开始下沉。”我还没有收到那些去非洲的人的报告。

黑猩猩回答：“他们做得很好。”他们在尼日利亚、刚果、利比里亚、法国、比利时和德国消灭了几名敌军士兵。他们的攻击并没有造成太大损害，但在心理上却很重要。他们给Numero Duo和Numero Tres带来了痛苦，并让他们感到非常恼火。然后，他展示了几段简短的视频，视频中这两个人每次感受到剧烈刺痛时的反应，当他们的一个人被射中时。孩子们大声笑着，而总统和将军满意地微笑着。

将军说：“看到这些恶魔受苦真是令人高兴。”“他们应当为他们对人类所做的一切受到更严厉的惩罚。”

“我完全同感，”总统说。“看到敌人受苦对我们的士气有好处。”

黑猩猩说：“Cuatro 比这两个人遭受的还要多，因为他的炮兵阵地被摧毁时损失了更多的人，他的直升机炮手和一些工厂警卫也被击倒了。”幸运的是，我在他到达工厂之前就带走了Ritu、Tejas和Vikram。Ritu联系我真是太聪明了。

将军开口说道：“我坐在藏身处像个纸上谈兵的将军发号施令，却错过了所有的行动。黑猩猩先生坚持认为我必须继续隐藏自己，不能让自己暴露在任何一点危险之中。这不符合我的风格。此外，一想到这些孩子在冒着生命危险，而我却安全地躲在藏身处，我的良心就感到不安。总有一天，我会违抗命令，亲自带领我的士兵上战场。

总统回应道："如果你这样做，我会让你上军事法庭。"

他带着温柔的微笑说这句话。孩子们和黑猩猩大声笑了，连将军也笑了。

总统接着说："让我们决定接下来该怎么做？"

罗汉回答："今晚维奈和我将制作详细的地图，显示恶魔美洲虎活体图像的位置。"明天我们想去里约热内卢获取那里的生活影像位置。

丽图说："今晚我们还将绘制他们工厂和殖民地的详细地图。"

然后总统说："看来除了特贾斯的不幸受伤之外，我们做得相当不错。"

丽图澄清道："现在敌人也怀疑我们在他们的工厂进行间谍活动。"他们将增加更多的警卫和直升机来巡逻该地区。在那个地区进行突袭或执行间谍任务将更加困难。幸运的是，我认为他们没有怀疑我们可以隐身。那是我们最大的秘密武器。明天，黑猩猩应该和我一起飞遍委内瑞拉，定位并拍摄他们的飞机。他们是对我们最大的威胁。另外，我想为他们的直升机对特贾斯所做的事情报仇。

将军说：“对。我们击落的直升机越多越好。这将使入侵南美洲变得更容易。为什么你和维克拉姆不一起骑在大猩猩先生的背上，飞遍南美洲，射击他们的直升机呢？

每个人都喜欢这个主意，并发出赞同的低语声。

之后，将军说：“我们的科学家正在测试无人机，这些无人机将飞越委内瑞拉，以确定他们所有炮台的位置。”其他无人机将投放催泪瓦斯罐，以驱赶他们的人员离开炮台，这些炮台将被火箭摧毁。这样一来，敌军士兵的生命将会得到保全。一旦我们消灭了他们的炮台、直升机和飞机，我们的任务就会变得容易。我们的飞机将把我们的人员用降落伞投放在他们的工厂附近。这些人将使用射线枪来制服工厂的守卫和工人。与此同时，孩子们将在里约热内卢和布宜诺斯艾利斯禁用活体图像。“之后，恶魔美洲虎将被迫离开地球。”

总统说：“这就是我想听到的。”对南美洲的全面入侵让我心花怒放。它将解放所有因这些邪恶怪物而受苦的可怜灵魂。“你对我们的计划怎么看，Chimp 先生？”

黑猩猩回答：“我觉得我们正在朝着正确的方向前进。”快速胜利的机会正在增加。我同意罗汉、丽图和将军对明天的建议。然而，我们必须对敌人的任何突然行动保持警惕。恶魔美洲虎仍然有能量储备，大量武器储存，并控制着许多人。现在让我们大家一起去见特贾斯。

每个人都热情地同意了，他在他们周围创建了一个电子笼子，并把他们带到了医院。医生和工作人员看到总统和将军时感到惊讶。特贾斯感觉好多了，并感到受宠若惊，因为总统和将军来看望了他。当他被告知当天的成功和第二天的计划时，他的情绪进一步高涨。

他说：“我已经康复了，感觉很好，想今晚回到洞穴，明天参加行动，但这些医生不肯放手。”请总统先生告诉他们释放我。

总统说：“抱歉，即使是我也必须遵从医生的命令，所以你也必须这样做。”

然而，特贾斯仍然坚持说：“这是战争的关键阶段。”我们这边需要每个人的贡献。我觉得在医院闲着很不好。

高级医生回答道：“特贾斯，我们理解你感到失望。你是第一个被重型射线枪击中并幸存下来的人。目前你看起来情况较好，但你可能会突然出现一些症状并倒下。如果你正在执行任务，这对你来说将是危险的，并且任务可能会因为你而失败。两天后我们会给你做一个全面检查，如果你的情况好转，我们会让你出院。

黑猩猩说：“你不会在这里闲着。我们希望你花时间思考如何打败敌人。

其他人也都试图劝他留在医院。然后他坚持说，他不想一个人待在医院，而是希望 Shaitan 陪着他。

总统对高级医生说：“他们的猫留在这里和他在一起，肯定没有害处。”

高级医生说："只要拴着绳子就可以。"

然后，黑猩猩把总统和将军带到了他们的安全地点，把罗汉和朋友们送到了他们的洞穴，并把沙伊坦送到了医院。然后他拜访了亨利和他的朋友们，并告诉他们当天发生的事情。这是他过去几个月中最忙碌的一天。

第十四章 – 敌人的反击

那天晚上，罗汉和他的朋友们早早就寝，以便第二天早上精力充沛地行动。他们对当天的结果感到非常满意。每个人都向其他人讲述了他或她的功绩。他们错过了特贾斯和沙伊坦，但因为太累了，躺在床上不久就睡着了。

亨利和他的朋友们也很高兴得知进展，但他们为特贾斯感到担忧。黑猩猩已经告诉他们大部分发生的事情，并向他们展示了一些行动的录像，特别是敌舰的沉没、对炮台的攻击以及恶魔美洲虎活体影像的照片。他指出那些带有接收装置的耳朵。罗汉已将他们识别为来自信徒的精神能量的接收者。

亨利说："罗汉发现这些真是太聪明了。"现在我们可以通过摧毁这些设备使活生生的影像失效。

玛丽回应道："哦，我多么希望我们都能参与其中！"我真想把这些设备从耳朵里拔出来，或者更好的是用射线枪长时间射击它们！

其他人都同意她的看法，亨利说："我们感到欣慰的是，我们尽可能地通过提供我们的知识、经验和技能来帮助了罗汉和他的朋友们。"

与此同时，总统和将军已经在各自的安全地点入睡。午夜刚过，他们被热线电话的铃声吵醒。他们得到的消息令人不安。敌人在全美各地对射线枪的储存地发动了一系列攻击。他们要么偷了光线枪，要么损坏了光线枪。总统要求他的助手通知黑猩猩。

不久之后，有报道称敌人在一些东非国家以及印度尼西亚和菲律宾的岛屿上发动了攻击。这些袭击大多发生在他们的检查站。总统和将军整夜未眠，不断接收袭击的最新报告，并向他们的部下发出指示。

黑猩猩访问了美国的每个储存设施，以检查是否可以挽救一些损坏的射线枪。不幸的是，它们损坏得无法修复。到早上，他们知道整个美国只剩下略多于一百把射线枪。这些是士兵和科学家所拥有的枪支。

这对总统和将军来说是一个令人震惊的消息。总统说："这意味着我们永远不会对南美洲发动大规模入侵。"所有关于早日胜利的希望都破灭了。看来我们将不得不使用常规武器来击败敌人。这将意味着许多敌军士兵的死亡。"我讨厌夺取人类的生命。"

将军回答："我也是，但人类的未来岌岌可危。"我从未想象过，仅仅一个晚上敌人就会占上风。

每个人都同意他的意见，甚至黑猩猩也说："这是最好的计划。"

丽图说："那些射线枪在美国的丢失其实并不是什么大损失。"这意味着我们无法进行大规模攻击。我们仍然有足够的射线枪供我们使用，而美国人仍然有一百多支供他们的士兵和无人机使用。这仍然给了我们一线生机，而且我们有隐形的优势。

讨论持续了一段时间。过了一会儿，黑猩猩说："现在我将带罗汉和朋友们去见特贾斯。"

然后他带着他们飞快地去了医院，泰贾斯和沙伊坦看到他们非常高兴。当被告知昨晚的事件时，特贾斯也感到震惊。

他说："现在敌人不断进攻，我再也无法在这家医院里闲着休息了。明天我将和你们一起去南美洲。我不在乎医生是否反对。我不会听他们的。

黑猩猩说："你没有闲着。"我们曾告诉过你，要利用时间思考如何打败敌人。

特贾斯回应道："我本来想了好几件事，但在听说昨晚发生的事情后，我将不得不放弃我制定的大部分计划。"

罗汉说："我很好奇想知道你曾经想到的哪些东西仍然可以使用。"

特贾斯回答："幽灵谷之战是在猩猩派出一支幽灵恐龙军队吓得敌人魂飞魄散时赢得的。"现在我们不能再用恐龙第二次愚弄他们了。但是在南美洲，许多人都听说过一个关于巨型幽灵猫的古老传说。如果黑猩猩派遣巨大的沙伊坦图像去攻击敌人，他们应该会被吓得魂不附体。当沙伊坦攻击任何人时，他看起来相当可怕。"他第一次攻击我们时，我们都很害怕。"

"那是个好建议，"黑猩猩说。"我会在需要的时候使用它。"我们将会见总统和将军。我会带上特贾斯，但条件是他今天不能参加任何出击。如果医生允许，明天他可能会和大家一起去南美。

然后，他带着五个孩子和沙伊坦迅速离开去见总统和将军。这两个人还有更坏的消息要告诉他们。敌人推翻了肯尼亚、乌干达和坦桑尼亚的政府，并建立了他们自己的政府。这最新的打击对孩子们来说是令人震惊的。

丽图说："如果黑猩猩带我去这些国家，我现在就会射杀这些傀儡统治者。"我将隐形，他们将无法对抗我。然后，他们的士兵将士气低落，原来的政府可以轻松地重新夺回这些国家。

黑猩猩回答："那几乎是不可能的。"傀儡统治者仍然躲藏在安全的地方。人们在公共场所看到的是模仿那些人行为的影像。如果你拍摄这张图片，什么也不会发生。

这让大家都感到困惑，罗汉问道："你们为什么不早点告诉我们这件事，或者亨利和他的朋友们为什么不告诉我们？"

黑猩猩说："连亨利和他的朋友们都不知道。"这个问题以前从未被提出过。所以，我没有回答。这是你第一次问，所以我给了答案。

丽图反对道："难道你不能在没有人提问的情况下就给我们这些信息吗？"

"不！"是黑猩猩的坚定回答。"在许多情况下，自然法则不允许我提供信息，除非有人询问。"

丽图反驳道："这真是太奇怪了。你一直都知道这件事，却没有告诉我们。"你让自己成为自然法则的囚徒。"

黑猩猩解释道："我是一种灵体，而不是人类。你们吃、喝、呼吸、睡觉，并在大脑中储存信息。我不做这些事情，我也没有像你那样的实体大脑和记忆。可以说，我受自然控制，并在需要时接收信息。我真的不知道这些信息是如何传到我这里的。无论如何，我们都在浪费宝贵的时间。请谈谈应对新形势的新计划。

总统严肃地点了点头，说："看来敌人掌握了所有的王牌，还有许多的主牌。"我们将不得不使用我们的王牌。"我的意思是使用我们的常规武器。"

将军说："我们的主力部队仍然完好无损。"这句话改善了气氛。敌人已经快速攻入了两个球，但我们仍然可以迅速反击。我很确定乌诺和夸特罗以及他的人一定是在美国发动了袭击，并偷走和损坏了射线枪。东非的行动一定是由杜奥和特雷斯及其手下执行的。值得庆幸的是，他们没有成功占领印度尼西亚和菲律宾的岛屿。此外，我确信他们一定消耗了大量的精神能量来在如此遥远的地方开展这么多行动。

罗汉说："我们研究了他们所有的秘密信息，但没有这些攻击的迹象。"我确信他们知道我们拦截并解码了他们的消息。因此，他们故意发送信息来误导我们。"

特贾斯说："我们不能依赖他们的信息。"我们应该试着想想他们对我们隐瞒了什么。我确信恶魔美洲虎一定在东非，试图控制新征服国家人民的思想。接下来，他们将把他在委内瑞拉工厂制作的活生生的形象带到东非的礼拜场所，以汲取新征服人民的精神能量。他们可能会尝试征服更多位于肯尼亚、乌干达和坦桑尼亚附近的非洲国家。他们甚至可能尝试征服印尼或菲律宾群岛的一些岛屿。或者这些岛屿袭击只是佯攻。也许他们甚至可能尝试征服澳大利亚或新西兰。

维奈说：“是的，可能性太多了，我们无法考虑到所有事情。”

“他说得对，”维克拉姆说，“让我们只专注于他们征服更多领土的能力。”

罗汉说：“你一针见血。”为了征服更多的国家，他们需要充足的精神能量，让我们确保他们无法收集更多。

将军说：“你们所有人都提出了非常好的建议。”现在我有能力制定一个计划。我们必须让他们的船只失去行动能力，摧毁他们的工厂，并使委内瑞拉的工程师、技术人员和工人失去作用。其次，我们必须在南美洲禁用恶魔美洲虎的活体影像，并尽可能多地消灭他的人手。这将阻断他的精神能量供应。

现在罗汉说：“我们今天还有时间做间谍工作。如果我们完成它，那么我们可以在明天发动攻击。

“还有一个细节，”将军说，“Ritu 和 Vikram 必须访问敌方港口并找到他们的船只。”我的人会给你小型磁性发射器，用于固定在飞机库和船只的水线以上。然后我们的火箭将击中目标。今晚，我的人将使用火箭和无人机来瘫痪他们的船只、直升机、飞机、海岸炮台和工厂。昨晚他们给了我们一个不小的惊喜。今晚让我们回报这个恩惠。

在会议开始时，美国总统看起来既悲伤又失望。现在他看起来很高兴，脸上带着温柔的微笑。他说：“我完全同意你的计划。”早上我感到难过，现在我感到非常开心。一旦我们摆脱这些恶魔入侵者，我将撤换所有顾问，任命罗汉和他的朋友们以及亨利和他的朋友们来代替他们。

丽图抗议道："但是先生，我们的中学和大学教育怎么办？"我不能代表其他人发言，但我想长大后成为一名医生。

罗汉说："总统先生是想表扬我们。我们不应该字面上理解他的提议。

"我的提议是真诚的，"总统说，"但我收回，因为我不想剥夺你的教育和童年的乐趣。"

黑猩猩说："现在会议结束了。"我会先把特贾斯和沙伊坦送回医院。然后我会带罗汉和维奈去布宜诺斯艾利斯。然后我会带着 Ritu 和 Vikram 去寻找机库和港口。我将忙于把这四个人从一个地方送到另一个地方。

将军回答："很好。"我将派遣我的团队去监视南美洲北部沿海地区。他们将找到更多的炮台，今晚我们将用火箭攻击这些炮台。我已经向我们的潜艇发出了指令，要求它们向南移动，以拦截经好望角前往东非的敌舰。

这一天的剩余时间都在如此秘密地侦察中度过，以至于敌人甚至不知道发生了什么。与此同时，敌人在东非忙碌着。恶魔美洲虎正在控制大量人群的思想。Numero Duo 和 Numero Tres 正在监督他们的人，他们正在竖立一些恶魔美洲虎的活体雕像，这些雕像是由这两人匆忙从委内瑞拉运来的。更多的图像将通过他们的船只到达。Numero Cuatro 和 Numero Uno 正在敦促他们在委内瑞拉的工程师加快生产现在需要大量的图像。

恶魔美洲虎和他的手下们情绪高涨。他们的夜袭取得了超出所有预期的成功。东非在他们的掌控之中，对手的射线枪大多已被缴获或摧毁。对手没有任何回应使他们极度自信。他们完全没有意识到他们将面临火箭袭击和隐形对手。

第十五章 - 夜袭

将军将他的攻击时间定在午夜。他早早就睡了，并建议他的手下也这样做。恶魔美洲虎在东非。他在接管三个新征服国家中成千上万人的思想方面度过了非常成功的一天。他对 Duo 和他的团队在肯尼亚安装多个生活影像所取得的进展感到满意。很快他就会收获大量的精神能量。

几起在西非和欧洲发生的袭击事件报告让他感到恼火。他把他们甩开了，因为他们没有造成太大伤害。令他恼火的是，敌人能够毫无顾忌地发动攻击并消失得无影无踪。

晚上，Cuatro 报道了南美的袭击事件。他推迟向恶魔美洲虎报告，直到他确信事实无误。船只的损失、敌方炮台以及在其中一家工厂附近发现敌人令人不安。

Cuatro 试图缓和打击，说道："我亲自飞到船上，在它沉没之前找回了你所有的生活影像。"我们的护航飞机追击敌方潜艇并投下了许多深水炸弹。我确信其中一些一定已经沉没了。

"你有没有获得证据证明敌方潜艇被击沉了？"恶魔美洲虎问道。"仅仅投放深水炸弹而没有结果纯粹是浪费。"然后他态度缓和了一些，说："你保存这些图像做得很好。"现在我会告诉乌诺今晚把他们飞到东非。我希望尽快在这里安装尽可能多的。"现在告诉我工厂里到底发生了什么。"

"哦，这没什么。"直升机雷达发现了敌人，并向他们开火。敌人飞到了地面。工厂的警卫和他们的狗出来抓捕敌人。发生了一场激烈的枪战。我们的两只狗被击中，直升机炮手失去了我们的控制。我把他关禁闭了。敌人消失得无影无踪。我怀疑那只可恶的黑猩猩一定把它们带走了。

“你们必须增加所有工厂的守卫数量，并用直升机进行巡逻，”恶魔美洲虎命令道。“尽可能多地从工厂仓库中移出活体影像，并在这里结束它们。”我会派 Duo 和 Tres 去帮助 Uno 立即将图像传送到非洲。紧接着，他们必须安装它们，以便明天可以开始礼拜。那些炮台怎么样了？敌人怎么能如此轻易地摧毁他们？

Cuatro 回答道：“四个人同时遭到了袭击。”我们的人被打倒了，我感到非常剧痛，当我恢复过来并赶到那里时，敌人已经摧毁了火炮并消失了。我确信那个无赖猩猩策划了这次袭击。我们所有的人都被打倒了，对我们再也没有用处。他们只是在胡说八道；我把他们关了起来，以防万一有人能恢复并回忆起发生了什么。”

恶魔美洲虎非常恼火，努力保持冷静。他命令库阿特罗：“告诉你的人要更加警惕。”他们都不应该坐在一起，以免成为敌人容易攻击的目标。告诉他们分散隐藏在他们的枪支周围，这样他们就能看到从任何方向来的入侵者。

午夜前十五分钟，将军醒来准备在午夜发动攻击。此时，敌人已经完成了将所有活体图像从工厂运往东非并进行安装的任务。恶魔美洲虎现在很确定工作将在早晨完成。甚至他也在协助安装。他热切希望祈祷必须在第二天开始。

威尔逊将军对敌人的行动一无所知，而恶魔美洲虎对将军的计划一无所知。威尔逊将军命令他的士兵发射火箭，这些火箭携带无人机，无人机将催泪瓦斯罐投放在炮台附近，以驱赶敌军士兵。然后他们发射了火箭，这些火箭会自动追踪附着在工厂和飞机库屋顶上的发射装置。在此之后，他们发射了火箭，这些火箭会自动追踪附在船上的装置。大约两分钟后，他们发射了用于摧毁炮台的燃烧弹火箭。它们全都是流线型的低空飞行火箭，几乎无法被雷达探测到。

过了一会儿，第一组火箭在炮台附近释放了它们的无人机。这些人蜂拥而至，在枪炮周围投下催泪瓦斯罐，迫使那些人逃跑。接着是下一组火箭，它们投下了一簇簇燃烧弹，点燃了火炮。另一组火箭需要飞行更长的距离，它们击中了机库和工厂的屋顶，穿透后释放出一簇簇燃烧弹，点燃了飞机和工厂，造成了很大的损失。发射到船只上的火箭击中了水线以上的位置，接触后爆炸，造成了大洞，海水迅速涌入，导致船只开始下沉。

大约在凌晨一点时，Cuatro 开始接到他手下的电话。最先打来的电话是来自炮台的。许多不同的人从不同的地方打来电话，场面一片混乱。他确实明白催泪瓦斯已被释放以驱散他的人，然后使用燃烧弹摧毁了枪支。

然后，他接到了来自工厂和机库警卫的关于袭击的电话。为了增加混乱，水手们开始报告他们的船只遭到袭击。他没有感到任何刺痛，所以他确信敌人没有使用射线枪。雷达操作员没有发现任何敌机或敌军士兵。他完全困惑了。

他首先参观了一些海岸炮台，并看到了破坏情况。然后他冲到工厂，看到巨大的损失。接着，他飞到了一些机库，那里的场景更加令人震惊。最后一根稻草是他去港口时发现已经太晚了。他的许多船只正在下沉，而他无能为力。这完全是场灾难。

他被击倒了四次。他的岸防炮大多被摧毁，工厂严重受损，大部分飞机被摧毁，许多船只被击沉。唯一的好处是他没有失去任何一个手下。有些人受了伤和烧伤，但这并不是一个很大的优点。Cuatro 在精神上非常坚强。他确信，无论是 Uno、Duo 还是 Tres

，都不可能承受这样的重拳而仍然站立。然而，对他来说有一个问题。他怎么敢告诉老板这些损失！后者肯定会因愤怒而发疯。他会指责 Cuatro 甚至是懦弱。他会威胁要把库亚特罗留在这个被诅咒的星球上。在他心中，他确信自己，Cuatro，已经尽最大努力履行了自己的职责。

那个奸诈的黑猩猩耍了如此恶毒的诡计，导致了一系列的灾难。即使是 Uno、Duo 或 Tres 也无法阻止他们。这件事发生在他身上纯属运气不好。他完全没有责任。不幸的是，老板会持完全相反的观点。他对老板的恐惧、一系列巨大的灾难、以及对永远被困在地球上的恐惧，所有这些都使他的精神崩溃。即使是最坚强的精神也有崩溃的时候。Cuatro 倒下并失去知觉地摔倒在地。他在那种状态下漂浮到了恶魔美洲虎那里。早上六点多，恶魔美洲虎和其他三个人看到昏迷的库阿特罗漂浮在空中。那是他们在地球上停留期间受到的最大震惊。他们都试图让 Cuatro 复苏。几分钟后他恢复了意识，又过了几分钟他才能说话。他恐惧地看着恶魔美洲虎。后者说："不要害怕。告诉我们发生了什么事。

Cuatro 只能轻声低语："敌人在夜间发动了极其卑鄙的攻击。"他们投掷了催泪瓦斯弹。我的士兵被迫撤退，敌人用燃烧弹摧毁了我们大部分的岸防炮。我的人什么也看不见，因为他们的眼睛流泪了。然后，敌人袭击了工厂和飞机库，造成了大量破坏。之后，他们击沉了我们的许多船只。令人惊讶的是，我们的雷达没有发出任何警告或检测到任何东西。"

"那你的士兵、工厂工人和我的信徒呢？"恶魔美洲虎问道。

Cuatro 回答："我的人没有一个被射线枪击中，否则我会感到刺痛。"我的一些士兵受了重伤，主要是由于烧伤。据我所知，没有对礼拜场所或您的形象进行攻击。

到这时，他已经虚弱无力并晕倒了。恶魔美洲虎试图用魔法力量复活他，但无济于事。

乌诺说："老板，这是一个神秘的灾难。"如果你任何一个信徒受到攻击，你会感到针刺般的疼痛。我建议你和我去南美洲，负责 Cuatro 的手下。他现在昏迷不醒，这并不容易，但你可以用你的特殊能力做到。

"那将需要大量的精神能量，但我想我们别无选择，"恶魔美洲虎回答道。"Duo 和 Tres，你们在这里全面掌控，开始从我的新对象中提取能量。"我们需要尽可能多的。好好照顾Cuatro，一旦他康复，请立即通知我。

然后他和乌诺迅速前往南美洲，在那里他开始了将 Cuatro 手下的人转移到自己控制下的耗时过程。

乌诺说："老板只调动了最高领导。"其他人会跟随他们。

"不，我必须接管所有人，"恶魔美洲虎回答道。"然后他们将高效地工作。"休息一段时间后，Cuatro会恢复。我担心我们需要很长时间才能让工厂投入运营。我仍然不确定敌人是如何在如此短的时间内如此秘密地造成如此大的破坏的。我们已经捕获或摧毁了他们几乎所有的射线枪。我很确定我们已经摧毁了他们的攻击能力，但那个狡猾的猴子用他的魔法给了我们一个非常不愉快的惊喜。

"那只猴子确实非常聪明地帮助和引导了敌人，"乌诺说，"但我确信在今晚的攻击中，他们使用了自己的武器。"令我惊讶的是，他们竟然能做到这一点，而没有杀死我们太多的人。他们是如何找到我们炮兵阵地、飞机库、工厂和船只的确切位置的？

讨论本可以持续更长时间，但恶魔美洲虎打断了它，说："过去检查一下我的所有祭拜场所和雕像是否完好无损。" 我们需要尽可能多地收集能量。很好的是，我们昨晚把所有的新图像带到了东非并安装好了。

"好的，老板。" 你做出了通过空运运输他们的正确决定。"否则，它们都会被毁掉，" 乌诺说。然后他飞去查看那些活生生的影像。

第十六章 - 最终计划

罗汉和他的朋友们早早醒来，满怀期待地迎接一天的活动。亨利和他的朋友们也很早就醒了，因为他们很兴奋，想知道昨晚行动的结果。尽管后者大部分时间都没睡，但总统和将军还是早早醒来了。今天他决心要去南美洲参战。即使面临军事法庭审判的风险也没有让他感到困扰。

在夜间，黑猩猩访问了南美洲，目睹了对炮台、工厂、飞机库和船只造成的破坏。他曾见过后者在港口下沉。他知道 Cuatro 被淘汰出局，需要时间恢复。第二天将是关键。

他先去拜访了弗朗西斯科的洞穴，在他们询问夜间行动后，给他们带来了好消息。然后他拜访了亨利和他的朋友们，他们也得到了这个好消息。然后他去了印第安人的洞穴，他们正急切地等着他。所有人都开始问他关于那晚的行动。

丽图坚持道："你为什么不赶快说说昨晚发生了什么事？""难道你看不出我们快要被好奇心逼疯了吗？"

黑猩猩脸上带着神秘的微笑。他回答说："我会告诉你，但首先我们要去见特贾斯。"

丽图回答："你的微笑只能意味着你有好消息。"

然后他把他们送到医院，他们遇到了特贾斯和沙伊坦。黑猩猩说："昨晚的袭击比我预期的还要成功。"现在我会请医生给特贾斯做一个快速检查，因为我想带他一起去南美洲参加战斗。

这让特贾斯非常高兴，他高兴得跳了起来，“那沙伊坦呢？”他问道。

“我会把他留在美国人的洞穴里。他们感到无聊，而他会让他们保持娱乐。我还会带弗朗西斯科和他的家人去和亨利及他的朋友们共度一天。“这对双方都有好处，”黑猩猩回答道。

高级医生过来检查了特贾斯的生命体征，并说他可以行动了。现在他们去见总统和将军。黑猩猩询问将军关于前一晚的行动。他脸上带着神秘的微笑。

“我们的火箭按计划发射了，”将军回答道。“他们的摄像机画面显示他们去了目标地点，但我们没有实际损坏的画面。”即使我们摧毁了一半的目标，我也会非常高兴，但我认为我们一定做得比这更好。你怎么看?

黑猩猩说：“你做得好多了。”百分之九十的火箭击中了目标，造成了大量破坏。最重要的是，你击倒了Cuatro。他现在在南美洲，从神经衰弱中恢复过来，至少要休息一周。

这个消息让所有人都感到震惊，“孩子们跳了起来，欢快地跳舞。甚至将军也加入了他们。美国总统脸上带着大大的笑容，说道：“我想这就是你脸上露出笑容的原因。”这是自我们在北美获胜以来我听到的最好消息。

丽图问：“这是否意味着我们赢得了战争？”

黑猩猩回答：“这意味着现在只有在我们犯下非常大的错误时才会输。”如果敌人抓住总统、将军以及罗汉和他的朋友们，他们就能获胜。我会确保这种情况不会发生。您现在可以决定今天的计划。无论你是坚持早先的计划，还是因为昨晚的巨大成功而做出改变。

将军问："既然库亚特罗无法行动，这是否意味着他的人没有领导了？"

"不，他们会服从恶魔美洲虎和乌诺，他们已经来到南美洲。"前者已经控制了这些人。"现在这些人可以通过心灵感应联系他，他可以监控他们的位置，"黑猩猩回答道。"我认为他会先尝试修复工厂，以便它们可以重新开始生产。"

"那么我们必须阻止那件事，"将军回答道，"但我们必须小心恶魔美洲虎。"如果您和总统先生不介意，我想今天参战。我认为我可以通过参与行动来更好地做出贡献。我曾在幽灵谷，与我的一些手下一起使用射线枪战斗。

总统正要说不，但黑猩猩抢先开口："我本来想建议你和我们一起去。你有保护措施，请务必穿上防射线枪的衣服，这样你会得到双重保护。我会背着你和特贾斯，你们两个在那儿射击会非常安全。如果你愿意，可以从地面射击，但要避开恶魔美洲虎或乌诺的攻击范围。

现在罗汉说："我们必须在里约热内卢和布宜诺斯艾利斯发动攻击，以摧毁恶魔美洲虎的形象，并解放他的一些手下。"我们还必须攻击那些试图修复工厂的工人。

将军说："我同意这些必须是我们的主要目标。"现在让我们决定谁将攻击哪里。我建议罗汉、维克拉姆、丽图和维奈对活生生的影像和崇拜者进行攻击。我的士兵们，特贾斯和我将攻击工人和工厂。我主要担心的是如果恶魔美洲虎和乌诺攻击我们的士兵会发生什么？

罗汉回答："我们四个人将分成两组，分别在里约热内卢和布宜诺斯艾利斯袭击信徒。"恶魔美洲虎会感到刺痛，然后去那里抓住我们。我们将保持隐身并远离他。如果我们距离他不到三十英尺，他能感知到我们的存在并伤害我们。他肯定会留下乌诺来保护工人和工厂。你必须找到一种方法在他在场时攻击工人。

将军说："我们得考虑一下。"我的八名手下将穿着防护夹克。他们将从地面操作安装了射线枪的无人机，同时躲藏在一些灌木丛中。他们每个人还将携带一把射线枪，以备需要时使用。对宇野来说，要找到他们并不容易。我的六名手下已经被猩猩先生训练得像鹰一样飞翔。他们在空中飞行时有丰富的射击敌人的经验。他们也有免疫力。我会让他们栖息在高树的枝头上，向敌人射击。我更愿意留在地面上观察和指挥我的人。

特贾斯说："黑猩猩会变成一张隐形的飞毯，我会在隐形的情况下骑在它的背上向敌人射击。"如果有需要，我也可以单独飞行。当然，你知道我每次只能隐形十到十五分钟。

"你将是我们在工厂的王牌，"将军回答道。"我们会谨慎使用你的隐身能力。"

"我们还有一张王牌藏在袖子里，"丽图说。然后她解释了特贾斯关于使用巨大的沙伊坦鬼影来吓唬迷信的工厂工人和警卫的想法。

黑猩猩说："我会在工厂里密切关注你们所有人。"如果我感到危险，我会带上你们所有人飞到其他地方去攻击或躲藏。我无法照看罗汉和其他人。如果你们中有人处于危险中，立即召唤我。"我不希望我们小组中的任何一个人受伤。"

“如果恶魔美洲虎叫多或特雷斯从非洲过来怎么办？”是罗汉的问题。

“那么我会带你们去非洲，我们将在那里摧毁接收者的偶像并射击敌人，”黑猩猩回答道，“今天我会确保我们比敌人领先一步。”我们会让他们感到如此困惑和烦扰，以至于他们不知道该怎么办。

现在总统问了一个问题：“你确定我们可以通过使用这些战术来愚弄敌人吗？”

黑猩猩回答：“这个世界上没有什么是确定的。我相信“幸运偏爱勇者”这句话。此外，我有一种感觉，我们今天所做的一切都会顺利进行。

丽图说：“通常是你提醒我们小心并建议我们要谨慎，但今天你充满了自信，还是说这是鲁莽？”

总统说：“我不会说什么，但我会整天交叉手指，希望并祈祷你成功。”

将军说：“请不要担心，总统先生，我们不会让您失望的。”

罗汉说：“我们的计划和准备工作非常好，我们不可能失败。”

其他所有人，包括丽图，都热情地支持他。到现在他们都确信自己已经成功。他们准备好投入战斗，充满信心。

与此同时，恶魔美洲虎和乌诺已经召集了所有的工程师和工人到他们殖民地附近最大的工厂里。工程师们检查了损坏情况，并让工人们开始工作。每个人都很忙。工人们正在把瓦砾和完全损坏的设备运走，准备倾倒在工厂围墙外。其他人忙于修理。有些人在焊接损坏的设备；其他人在制造新设备。在工程师的监督下，泥瓦匠和木匠们也都忙于各自分配的任务。恶魔美洲虎和乌诺正饶有兴趣地观看，不时地给工程师们下达指令。

大量守卫正在把守城墙、瞭望塔以及安装在城墙上的大型射线枪和雷达。其他人则在大门和城墙外。所有人都警惕地拦截任何入侵者。他们因为未能阻止夜间袭击而被责骂，尽管他们都不知道自己该如何做到。他们没有看到任何入侵者，雷达没有发出任何警告，他们也没有看到任何来袭的火箭。他们听到了爆炸声，看到了工厂内的火灾，尽力扑灭火焰，尽可能地拯救机器和设备。他们觉得如果他们没有挣扎大半个晚上，损失会更大。工程师和所有其他工人也帮助扑灭了火灾并挽救了材料。他们都因为晚上的辛劳和缺乏睡眠而感到非常疲惫。无论是恶魔美洲虎还是乌诺都没有对他们的努力说过一句赞美的话。他们出于责任感和恐惧在工作，但他们感到非常沮丧，情绪低落。

第十七章 - 白天的袭击

黑猩猩带着罗汉和丽图去了里约热内卢，把维克拉姆和维奈带到了布宜诺斯艾利斯，并把他们放在了礼拜场所附近。他们变得隐形并成对行动。罗汉和丽图去了第一个礼拜场所。丽图开始向礼拜者开火，而罗汉则从图像的耳朵中拔出能量接收器并将其摧毁。然后他也开始向敌人开火。一到一分钟，他们就从现场逃到下一个礼拜场所。这次，里图摧毁了接收装置，他们两人向礼拜者开火，然后在一分钟后逃跑。在大约十二分钟的隐形期间，他们覆盖了五个礼拜场所，并解放了大量的礼拜者。然后他们藏在公园的一些灌木丛中，以从保持隐形和快速飞行的疲惫中恢复过来。维克拉姆和维奈在布宜诺斯艾利斯遵循着相同的日常。他们也没有在每个地方停留超过一分钟，以避免被恶魔美洲虎抓住。现在他们也在公园的一些灌木丛中休息。

黑猩猩把将军、特贾斯、所有士兵及他们的无人机和一些小型火箭发射器运送到了南美洲。他们都藏在靠近主要工厂的一片树丛中，恶魔美洲虎和乌诺正在那里监督维修工作。计划是在恶魔美洲虎离开工厂后才开始攻击。他们耐心地等待着。他们知道，当他的支持者被淘汰时，他会感到针刺般的痛苦。然后他会感到恼火，迅速离开去抓住罪魁祸首。他们一直在等待，但恶魔美洲虎并没有离开工厂，尽管他知道他的追随者正在遭到攻击。

在这个阶段，保卫工厂和工人更为重要。他可以承受失去一些他在南美洲的老崇拜者。现在他从他们那里收集到的能量数量只有他从非洲的新崇拜者那里获得的一半。因此，他忽略了罗汉、丽图、维奈和维克拉姆活跃的最初大约十二分钟。然后他们休息了大约四十分钟，之后攻击再次开始。他可以忍受针刺的疼痛，但他的自尊心受到了伤害。他感到受到了侮辱。他还认为敌人不会攻击工厂和他的工人。可能是因为敌人认为工厂已经被完全摧毁，无法修复。他还认为他可能会俘获一些敌人。

然后他说："乌诺，我要去里约。"敌人正在攻击我的追随者。我打算抓住他们。不要让敌人偷偷潜入并攻击我们的工人。你知道尽快启动工厂对我们来说有多么重要。

乌诺反问道："你不觉得应该叫特雷斯过来帮我，以防敌人袭击这里吗？"

好主意！"我会叫他过来，"恶魔美洲虎回答道。

特雷斯到达那里几分钟后，恶魔美洲虎飞速前往里约。他去了他发现最近攻击的地点。当他到达那个地方时，罗汉和丽图已经离开了。他看到他的许多追随者躺在地上，而其他人正在帮助他们站起来并走开。没有任何敌人的迹象。他问他的追随者发生了什么事。

其中一个回答："我们在祈祷，有些人开始倒下。"也许有人在向我们开枪，但我们没有看到任何人，尽管我们朝四周看了看。也许敌人隐藏得很仔细，从远处射击。

这让他感到困惑，但他没有太多时间去思考。他又开始感到针刺般的疼痛。他很快找到了位置并赶到了那里，但没有敌人出现。再次，他的一些追随者被打倒了，而敌人却不见踪影。在这里他也得到了类似的回答。然后他注意到，那个活生生的形象耳朵里没有能量接收器。然后他看到接收器躺在图像后面，损坏得无法修复。他明白敌人在做什么。他想了几秒钟，想出了一个陷阱敌人的计划。

与此同时，在工厂里，黑猩猩意识到恶魔美洲虎带来了 Numero Tres 来帮助 Uno，并前往里约或布宜诺斯艾利斯保护他的信徒。现在，他把自己变成了一张隐形的地毯，背上驮着隐形的特贾斯，去射击操控重型射线枪的守卫。特贾斯一个接一个地消灭了他们，而乌诺和特雷斯没有看到这一幕。然后他把火箭发射器交给特贾斯，让他从近距离射击并摧毁重型火炮和雷达。噪音惊动了乌诺和特雷斯，他们困惑地看到枪支一个接一个地被点燃。视野中没有人，枪炮仿佛被魔法点燃。他们让他们的人拿起灭火器，试图拯救那些枪。

将军在工厂墙附近的树枝上藏了一些士兵。他们看起来像鹰，并且有射线枪。将军命令他们开始向敌人开火。与此同时，特贾斯骑在黑猩猩的背上，向守卫和试图扑灭火焰的人射击。将军命令他的两名士兵释放无人机，让它们飞到工厂上空并向敌人射击。Uno 和 Tres 看到这些无人机，以为它们已经造成了所有的破坏。他们飞上去抓住无人机。地面上的人熟练地引导无人机躲避 Uno 和 Tres，同时仍然向地面的工人射击。这不可能永远持续下去，几分钟后，无人机被 Uno 和 Tres 抓住并摧毁。

特贾斯对黑猩猩说："你不觉得现在是释放我们秘密武器的时候了吗？"

黑猩猩问："你是指撒旦的幽灵形象吗？"让我们下去问问将军。

后者同意了这个建议。他说："我认为敌人的工人会吓得四处逃窜。"大多数人会试图冲出大门。其他人会试图爬墙跳出去。我会调动一些人，让他们可以藏在城门外射击敌人。其他士兵将留在树上，射击那些爬上墙的人。

“好，”特贾斯回答道。“我将乘坐隐形地毯飞行，向敌人射击。”“我们必须尽可能多地获取。”

一种不同类型的戏剧即将在里约上演。恶魔美洲虎设下了一个陷阱。他感到针刺般的疼痛，并找到了他的追随者们正在遭受攻击的礼拜场所。他知道如果他去了那个地方，他会发现袭击者已经离开了那里。他知道附近有几个其他的礼拜场所，于是去了其中一个，移走了活生生的形象，站在了它的位置上。他确信入侵者过一会儿会来到那个地方，他等着抓住他们。

很快，丽图和罗汉到了那里，却没有意识到那是恶魔美洲虎，而不是他的影像。后者没有看到他们，因为他们是隐形的。丽图开始向礼拜者开枪，人们纷纷倒在地上。这让恶魔美洲虎感到困惑。然后罗汉上前拿起听筒。恶魔美洲虎感知到了他的存在，并意识到附近有某个隐形的入侵者。他立刻全力以赴地用心智力量捕捉入侵者。罗汉受到了他人生中最严重的打击。他感觉好像有一只巨大的手在用力挤压他的头。随着每一秒的过去，他脑部的压力和疼痛迅速增加。他悬浮在空中，无法动弹。丽图看到他痛苦不已，感到很惊讶，停在半空中。

时间一秒一秒地流逝，罗汉脑中的疼痛变得难以忍受。丽图意识到他们面前的是恶魔美洲虎，而不是他的影像。Ritu 的第一个本能反应是飞奔到 Rohan 身边，把他从恶魔美洲虎那里带走，但随后她意识到如果她靠得太近，她也会遭遇同样的命运。她开始向恶魔美洲虎射击，但没有效果，然后她想到了召唤黑猩猩。罗汉因为极度的疼痛快要晕过去了。他感到自己快要死了，想要做最后一次拼命的努力来逃脱。他感到压力和疼痛暂时得到了缓解。用尽最后的能量，他飞出了恶魔美洲虎的射程。丽图看到这一幕，立刻飞到他身边；抓住他的手，拉着他飞到附近的公园，藏在一些灌木丛中。此时，两人都已经显露出来，需要休息。现在她叫了黑猩猩来帮忙，并告诉他发生了什么事。

在工厂里，黑猩猩制造出了巨大的沙伊坦幽灵形象的幻觉。他们从一个方向跳向工厂，发出嘶嘶声，尾巴不断威胁性地抽动。这个可怕的景象吓跑了工厂的警卫和工人，他们丢下所有东西，拔腿就跑。乌诺和特雷斯试图控制他们，但无济于事。他们大喊大叫，说那些猫不是真的，只是敌人制造的幻觉。那些人太过恐惧，根本听不进去他们的话，大多数人都冲出了大门。当大门处的拥堵导致堵塞时，人们试图翻越墙壁。

八名穿夹克的士兵开始向所有冲出大门的人开火。六名在树上的士兵和特贾斯向那些爬过墙的人开火。随着十五个人快速射击，每分钟都有数百人被击倒。恶魔美洲虎感受到那数百个针刺，瞬间失去了专注力，同时正在压碎罗汉的脑袋。这就是让罗汉摆脱恶魔美洲虎的控制并逃脱的原因。黑猩猩收到了丽图的心灵感应求救信号。他知道她和罗汉藏在离恶魔美洲虎不远的公园里，并且不再隐形。他确信恶魔美洲虎会在不断扩大的圈子里飞来飞去，试图找到他们。所以，他必须立即营救他们。

他对特贾斯说：“我必须去救罗汉和丽图。”你独自飞行，并在尽可能保持隐身的情况下继续射击敌人，之后请藏在树枝间并继续射击。我很快就会回来。

之后，他迅速赶往里约，接上了罗汉和丽图，并把丽图留在工厂的一根树枝上，然后带着罗汉去见美国总统。后者看到罗汉痛苦不已，立刻叫来了医生。

黑猩猩匆忙返回工厂。此时，那些幽灵般的猫已经消失，大量的工人和守卫已被制服。黑猩猩知道恶魔美洲虎会再花几分钟寻找罗汉和丽图，然后直接来到工厂。他决定现在是飞往东非进行攻击的合适时机。他接上了将军、特贾斯、里图和士兵们，把他们都带到了非洲。

黑猩猩说："我把你带到这里，因为我确信恶魔美洲虎即将回到工厂。"东非的人们都在多奥或恶魔美洲虎的控制之下。现在你可以在这里开始你的攻击。

将军回答："我认为我们应该只攻击多奥的人。"如果我们不断地射击人们，痛苦的针刺将使他无法采取任何行动或与任何人联系。如果我们射杀恶魔美洲虎的人，他会知道并过来这里。

特贾斯开口说道："我也同意，但我建议丽图和我飞到礼拜场所，把接收器从活生生的形象耳朵上取下来。"现在是下午晚些时候，所以我确信礼拜场所会是空的。最大的城市是内罗毕、多多马和坎帕拉，所以我们将在这些地方获得最多的目标。

黑猩猩说："我会把维克拉姆和维奈从布宜诺斯艾利斯带过来，这样他们就可以和士兵一起飞来飞去，射击多奥的人。"

将军说："让我们一次在一个城市行动，这样我们就可以互相帮助。"

所有人都同意这三个建议，并在内罗毕开始认真发动攻击。维奈、维克拉姆和六名士兵像老鹰一样在空中飞翔，向敌人射击。八名穿夹克的士兵中，有六人开始使用他们的飞行无人机进行攻击，因为另外两人的无人机在工厂被摧毁了。黑猩猩把这两个人和将军放在一座高楼的顶部，从那里他们可以射击许多目标。然后，他带着里图和特贾斯去了各个礼拜场所，以中和接收器。过了一会儿，他们找不到容易的目标，因为大多数多奥的人都躲起来了。然后他们分批搬到多多马，以确保杜奥没有机会召唤援助。在对坎帕拉发动攻击后，他们总结了当天的行动，并返回了总统的总部。当他们得知罗汉几乎完全康复时，他们松了一口气。

回到里约，恶魔美洲虎花了一些时间四处转悠，试图找到罗汉和丽图。几分钟后，他们决定返回工厂。到达那里后，他震惊地得知，他的工人和警卫中有一半以上已经被瓦解，不再受他控制。他对乌诺和特雷斯非常恼火，并严厉地责骂了他们。

乌诺恳求道："老板，我们尽力了，甚至用手追赶并摧毁了他们的两架无人机。他们把我们的射线枪安装在这些无人机上，并向我们的人开火。我们想找到并抓住那些控制无人机的人，但随后一大群幽灵般的猫袭击了工厂。

恶魔美洲虎大声打断道："我想那些猫把你吓得赶紧跑去躲起来了。"等你回来时，你的手下已经有一半以上被打倒了。

乌诺回答："我们都尽力控制我们的人，但他们太害怕了，根本不听我们的，结果发生了踩踏。"他们只是跑出了大门，翻过了墙。

特雷斯继续说道："事情就是这样发生的。我们看到许多我们的士兵被射中倒下，但我们没有看到一个敌人。也许那只狡猾的猴子让他的人隐形了。

恶魔美洲虎冷静下来。他试图在里约消灭的入侵者是隐形的。之后，另一个隐形敌人用射线枪向他开火。他觉得自己对 Uno 和 Tres 的判断过于苛刻，对他们的责骂过于严厉。毕竟，凭借他们有限的能力，他们对看不见的敌人无能为力。

他用柔和的语气说道："特雷斯，你带一些护卫和工人去帮助护送那些被打晕的人回到殖民地，并保护他们，因为现在他们的思想不再受我控制。"到明天他们就会恢复，我们会让他们在工厂工作。多和我将带着剩下的健康守卫和工人立即返回工作。我想尽快重新开始生产能量接收器。

他不再感到任何刺痛，并为里约和布宜诺斯艾利斯的敌人攻击终于结束而感到宽慰。他不知道敌人已经转移到非洲，并在那里造成了相当大的破坏。后来，他接到了来自 Duo 的求救电话。在告诉 Uno 和 Tres 保持警惕后，他赶往东非，又受到了一次巨大的震惊。敌人在内罗毕、达累斯萨拉姆和坎帕拉射杀了多奥的许多人，但他自己的信徒没有一个被射杀。

然后他去检查他的实时影像，发现许多接收器已被取出并损坏，无法修复。他诅咒那只黑猩猩，并对它发下许多誓言。然后他冷静下来，意识到接收器的生产要过几天才能恢复。他飞往南美洲，从小城镇的图像中收集大量接收器，以替换东非受损的接收器。他将从那里的新一批崇拜者中收获更多的能量，而不是从南美洲的老崇拜者中获取，他们的精神能量已经被消耗了很多。

回到美国，总统告诉他们，罗汉恢复得很好，但医生希望让他再观察几天。他们向总统汇报了整个南美和东非的行动细节。每个人对这一天冒险的结果都非常满意。除了罗汉发生的事情，他们在每个地方都占据了对敌人的优势。

总统说："昨晚和今天你们对敌人造成了巨大的损害。"我从心底感谢你们所有人。我相信在几天内你们就会把敌人赶出我们的世界。

除了迪亚斯夫人建议他们要谨慎外，其他人都同意他的看法。她说："在南美洲有一句古老的谚语，'美洲虎在受伤时最危险。'"

黑猩猩说："是的，你是对的。"今晚我们必须警惕敌人的反击。"

总统问："明天的计划怎么样？"

将军回答："在我看来，我们都很累，需要休息。"我们可以明天制定计划。你所不知道的是，敌人可能会在夜间突然发动一些令人不快的袭击。"那样的话，你我今晚就睡不太多了，所以让我们早点睡吧。"

大家互道晚安，黑猩猩把每个人送回了他们的地方。罗汉留在了医院。他有撒旦作伴。

第十八章 – 最终之战

总统和将军非常疲惫，需要好好睡一觉。在上床睡觉之前，他们告诉助手不要在晚上打扰他们，除非有紧急情况。那天晚上，热线电话响了几次，报告了一些在非洲、欧洲、亚洲和一些岛屿上的敌人袭击。这些袭击是针对检查站以夺取射线枪。由于他们不太重要，助理们没有叫醒睡得很香的总统和将军。

一天的劳累使印第安人筋疲力尽，他们也安然入睡。罗汉和沙坦也在医院度过了一个平静的夜晚。只有那只黑猩猩整晚都很活跃。他有能力不眠不休地工作。他担心恶魔美洲虎或他的助手可能会在夜间发动绝望的攻击，于是整晚都在监视他们。只有 Duo 和 Tres 在夜间活动，他们带着手下去攻击检查站。黑猩猩没有警告任何人，因为这些不会改变战争的进程。

第二天早上，印第安人醒得很晚。他们召唤了黑猩猩，黑猩猩带他们去见总统和将军，途中接上了罗汉和沙坦。总统要求黑猩猩带来美国人和迪亚斯家族。

将军开始会议时说：“总统先生，如果您同意的话，让我们在制定今天的计划之前先听听大家的意见。”

总统点头表示同意，并示意罗汉，罗汉说：“让我们试着阻止他们的工厂制造更多的能量接收器和活体图像。”我们绝不能让他们收集更多的精神能量。

丽图说：“这正是我想说的，但我们绝不能冒任何风险。”如果我们中有人在这个阶段被抓住或受伤，那就太糟糕了。

总统说：“说得好。”我们必须避免所有风险。

所有人都点头表示同意。

特贾斯说："恶魔美洲虎会尽力保护他在工厂的工人。"他会轻松抓住任何不是隐形的人。因此，只有我们四个人可以攻击他们。此外，我们必须设法将他从工厂转移开，以便让我们的任务更轻松。

维克拉姆说："将军和他的飞行士兵必须攻击在非洲和欧洲受杜奥和特雷斯控制的人。""这会让这两个人无法行动。"

Vinay 说："我们还必须攻击非洲的活生生的形象和崇拜者。"这将迫使恶魔美洲虎离开工厂并前往非洲。

现在亨利说："如果我们能让他的大多数工厂工人失去作用，那么他就无法继续战斗太久。上次我们打倒了三分之一的工人，但邪灵警告了敌人。我们必须解决那种精神。

迪亚斯夫人说："住在工人殖民地附近的善良精灵会帮助你对付邪恶精灵。"

现在罗汉再次开口说道："恶魔美洲虎，乌诺和特雷斯会在工厂那里。""在他们注视下，很难射击许多工人。"

亨利回答："我们必须做三件事。首先，射杀恶魔美洲虎在非洲的手下，这样他就会去那里。那么我们中的一些人应该开始在非洲射击 Duo 的人，在欧洲射击 Tres 的人。然后这两者将因为针刺而失效。这将是隐形小组开始在工厂射击工人的最佳时机。Uno 不知道该怎么办。

玛丽问："我们可以再用那些巨型猫吗？""如果工人在外面，就更容易射击他们。"

迪亚斯夫人回答："当然！"那里每个人都坚信巨大的幽灵黑猫的传说。他们肯定会再一次感到害怕。即使是恶魔美洲虎也无法在他们看到这些猫时控制他的手下。看到他的手下在他面前被枪杀，他会感到屈辱。这将迫使他逃离我们的星球。

她说话时充满自信，以至于所有人都信服了。将军说："计划看起来很出色，但要使其奏效，协调必须完美无缺。"

黑猩猩回答道："我会确保一切顺利进行。"

玛丽说："如果猩猩先生保证，那我们就可以百分之百地信赖。"

罗汉再次说道："这是一场非常重要的战斗。因此，我们需要工厂里的每一个隐形人。我必须被允许战斗。

总统看着黑猩猩说："你怎么看？"

后者回答："他会被需要的。"我不会让他飞。相反，我会把他背在背上，确保他不会出事。请告诉医生们允许他战斗。

这场战斗是由黑猩猩协调的。首先，他去工厂工人宿舍附近会见了善良的精灵。后者同意帮忙。

它说："我会与恶灵争论，并将其引开，远离这个区域。""我会让它保持忙碌，你会有足够的时间完成你的战斗。"

然后，黑猩猩带走了将军和他的六名会飞的士兵。两个人留在巴黎，像鹰一样飞翔，并在合适的时机开始向特雷斯的人开枪。两个人留在内罗毕，准备在信号发出时在内罗毕上空飞行并向多奥的人开火。将军和另外两个人留在内罗毕，向活生生的影像和崇拜者开枪。

之后，他带着五个印第安人去了主工厂附近的树林。恶魔美洲虎、乌诺和特雷斯正在监督维修工作。黑猩猩通过心灵感应向将军发出信号。后者和他的士兵袭击了一个礼拜场所，首先射击了能量接收器，然后向礼拜者开枪。过了一会儿，他们迅速飞走，去寻找另一个礼拜场所并重复他们的任务。

恶魔美洲虎感到刺痛，决定去非洲抓住敌人。在离开之前，他提醒 Uno 和 Tres 要小心。他一走，黑猩猩就向巴黎和内罗毕的士兵发出了信号。他们开始像鹰一样飞翔，并向敌人射击。由于针刺，Duo 和 Tres 都变得无助。

现在，黑猩猩释放了巨大的幽灵猫，它们朝工厂奔去。警卫们扔下了他们的枪，与工人们一起朝相反的方向冲去，完全无视大声喊叫试图控制他们的乌诺。罗汉变得隐形，并骑上了同样隐形的猩猩的背。然后另外四个人也变得隐形，五个人一起飞向逃跑的人，向他们射击。很快，许多人被淘汰了。

乌诺通过心灵感应联系了恶魔美洲虎，并告诉他关于袭击的事情。后者立刻赶回去，看到他的手下被那些巨大的幽灵猫吓得四处逃窜。他大声喊他们停下，但他们没有理会他。他看到许多人被击倒，意识到他们是被隐形的敌人射击的。他开始绕圈飞行，以便将敌人纳入他的感应范围。黑猩猩迅速将五个孩子都背在背上，使他们不在恶魔美洲虎的视线和探测范围内。与此同时，五个孩子继续向工厂工人射击。

恶魔美洲虎不断尝试捕捉那个隐形的飞行敌人，但始终未能成功。这对他来说既令人沮丧又感到屈辱。过了一会儿，大多数工厂工人都被打晕了，而有些人设法躲进了森林。然后，黑猩猩和印第安人一起飞速前往南非，去帮助将军和他的士兵们。在那里，他们摧毁了许多能量接收器，并射杀了许多崇拜者。现在恶魔美洲虎飞到非洲去试图抓住他们，但即使他尽了最大努力也失败了。

晚上很晚的时候，黑猩猩带着印第安人、将军和六名士兵回到了总统的总部。那里每个人都在耐心等待当天战斗的结果。当将军宣布："我们取得了完全而最终的胜利"时，他们都非常高兴。我认为敌人在地球上待不了多久了。

之后，大家都兴奋地开始交谈。印第安人、将军和他的士兵们忙于回答问题。在他们大声谈话时，他们都突然感到一种喜悦，仿佛大地卸下了一个巨大的邪恶负担。这也被全世界的人们，甚至动物和鸟类感受到了。

黑猩猩说："恶魔美洲虎和他的团伙夹着尾巴从地球上逃跑了。"

房间里响起了热烈的欢呼和掌声，甚至总统和将军也像快乐的孩子一样加入其中。

第十九章 - 尾声

胜利之后，还有许多事情需要完成；首要任务是解放那些思想仍被邪恶团伙控制的人，并治疗所有精神能量被消耗殆尽的人。在许多人的情况下，后者会持续很长时间。

全世界都为摆脱邪恶怪物的控制而欢欣鼓舞。现在，孩子们、将军和他的士兵以及迪亚斯家族的勇敢事迹和冒险故事被讲述了出来。报纸、电视和其他媒体对一切进行了详细报道。美国、印度和许多其他国家通过授予他们许多奖项来表彰他们。为了纪念他们，举行了胜利游行和庆祝活动。

黑猩猩不能在地球上待太久。他被职责所迫，必须在数百万个平行宇宙的广阔区域中寻找那个邪恶的团伙。孩子们含泪向他告别，许多国家为纪念他而竖立了雕像。

在所有的胜利游行、荣誉和颁奖典礼之后，孩子们和迪亚斯一家在一个私人告别派对上见到了总统和将军。这两个人承诺在他们需要时提供一切帮助，并询问他们的未来计划。

丽图回答：“虽然它持续的时间不长，但那段时间既刺激又危险，同时也很美妙。”我想我经历的冒险和刺激比普通人多十倍。现在我想远离聚光灯，过上正常的生活。

所有的孩子都热情地同意了她的意见。

弗朗西斯科说：“我们想回到我的国家并帮助重建它。”

迪亚斯夫人和两个男孩同意了，她说：“我们越早开始越好。”

玛丽说：“全世界都对黑猩猩心怀感激。”“他将永远在我心中占据一个特殊的位置。”

所有在场的人都全心全意地同意她的观点。在某个遥远星系的某个平行宇宙中，黑猩猩感受到了他们的情感，愉悦地发光。

www.ingramcontent.com/pod-product-compliance
Lightning Source LLC
LaVergne TN
LVHW041853070526
838199LV00045BB/1580